LA POUDRIÈRE

DES MÊMES AUTEURS

Jean-Michel Décugis, Pauline Guéna et Marc Leplongeon, MIMI, Grasset, 2018.

Jean-Michel Décugis et Marc Leplongeon, LE CHAUDRON FRANÇAIS, Grasset, 2017.

JEAN-MICHEL DÉCUGIS
PAULINE GUÉNA
MARC LEPLONGEON

LA POUDRIÈRE

BERNARD GRASSET
PARIS

Photo de la bande : © Y. Castanier / Hans Lucas

ISBN 978-2-246-82147-2

Nous avons choisi de conserver l'orthographe et la ponctuation utilisées par les internautes que nous citons.

26 mai 2020

Aurélien C. est arrêté à Limoges par la DGSI qui le soupçonne de vouloir commettre un attentat contre la communauté juive. Une information judiciaire est ouverte pour « entreprise individuelle terroriste ». La qualification est rare, elle est destinée aux « loups solitaires », les radicalisés qui agissent seuls.

Le contenu de ses réseaux sociaux et du matériel informatique saisi chez lui est sans surprise : littérature antisémite ou sur le grand remplacement, traduction française du manifeste de Brenton Tarrant (l'auteur des attentats de Christchurch en Nouvelle-Zélande), soleil nazi et textes guerriers… Tout le magma de la pensée ultra est là.

Mis en examen et incarcéré, le jeune homme, ancien militaire et Gilet jaune, n'est pas une pomme pourrie mais bien le fruit de notre époque.

« Une nation dont les élites perdent le goût de se reproduire est une nation faible. Regardez qui gouverne en Europe. Regardez Macron. »

Un sympathisant des Identitaires

Nébuleuse. Opaque. Groupusculaire.

Violente. Xénophobe. Conservatrice.

Militante. Révolutionnaire. Néofasciste. Radicale.

C'est la droite hors les murs, l'ultra-droite, les ultras.

À l'extérieur du Rassemblement national de Marine Le Pen, apparentés ou sans attaches aucunes avec lui, gravitent micro-partis, associations, rassemblements affinitaires informels, tous ces groupuscules qui forment un ciel tumultueux à l'extrémité de notre échiquier politique. Cette ultra-droite est plurielle, diverse, conflictuelle et belliqueuse ; les contours de ses légions sont flous, elle est profondément divisée et ses tentatives pour s'unifier ont jusque-là rencontré l'échec. Mais elle forme un vivier d'hommes et de femmes pour le RN, peut fonctionner comme un laboratoire et diffuse ses idées bien au-delà du petit nombre de ses militants actifs – guère plus de

3 000 personnes. Son influence est énorme, sa capacité d'action, imprévisible.

En son sein, on trouve les identitaires, les ultra-nationalistes, des survivalistes, les révisionnistes, des antisémites et des racistes, les royalistes, les néonazis, les néofascistes, les skins et les catholiques intégristes… Ils se démarquent des partis démocratiques traditionnels sur la plupart des questions bien que le RN soit, le plus souvent, leur expression électorale, par conviction ou vote utile. Jean-Marie Le Pen a réussi à établir, à la fin des années 1970, ce compromis nationaliste qui rassemble religieux, païens, nationalistes-révolutionnaires, négationnistes, nostalgiques de l'Algérie française et de la France de Vichy… Mais, à long terme, l'objectif des ultras est l'instauration d'un ordre nouveau.

Le terme nous vient des ultra-royalistes qui luttèrent, après la Terreur, aussi bien contre le bonapartisme que contre la monarchie de Juillet. Le Larousse propose : « Celui ou celle qui est partisan de la monarchie absolue de droit divin ; en particulier sous la Restauration, royaliste extrémiste partisan du retour de l'Ancien Régime. » Le premier de leurs porte-parole, celui que Philippe Sollers appelle le Sade blanc, Joseph de Maistre, un écrivain lumineux et violent, aujourd'hui pestiféré, mais que Baudelaire admirait. « Jamais le peuple ne fut méprisé par des maîtres plus méprisables », écrivait après la Révolution le comte de Maistre, catholique ultramontain longtemps en exil, plus royaliste que le roi, plus papiste que le pape. L'ultra-droite a toujours eu, en plus de la violence vociférante de la rue, celle, cinglante, de la plume de ses écrivains.

Quelque deux cents ans plus tard, cette galaxie qui n'est plus seulement royaliste est constituée de structures de petite taille, marginales, agitées de rivalités internes. On y pratique le culte du chef, la violence est dans leur ADN, leur culture est antisystème, anti-élite et, souvent, antirépublicaine. Une xénophobie marquée l'infuse, qui prendra les traits du nationalisme, ou du racisme biologique le plus tranquille. On y est ethno-différentialiste : les peuples sont peut-être égaux, mais il vaut toujours mieux qu'ils vivent chacun chez soi. L'antisémitisme reste de rigueur, malgré une petite baisse de popularité, mais c'est l'immigration qui est présentée comme la source de tous les maux. La guerre d'Algérie est une référence constante, fédératrice, efficace. Dès les attentats de *Charlie*, Éric Zemmour parle de « troisième mi-temps de la guerre d'Algérie ».

Le logiciel commun de la nébuleuse ultra commence par une haine de la globalisation, accusée de gommer toutes les différences, celles entre les peuples, bien sûr, mais aussi les différences régionales ou celles entre les sexes. Les femmes se conduiraient désormais comme des hommes, et les hommes comme des femmes.

La nation, idée phare, est envisagée comme un corps, avec ses frontières, ses membres et sa tête, qui serait l'élite, les politiques. Or notre nation, par la faute de ses dirigeants, serait faible. Et sa vitalité érodée. Elle aurait perdu le goût de sa propre perpétuation. L'argument démographique revient sans cesse dans les milieux de la droite extrême. La faiblesse démographique encourage le recours à l'immigration, et cette faiblesse est assimilée à un manque de « virilité ». Macron est pointé du doigt comme l'assassin d'une nation qu'il livre à la submersion de l'étranger. Et le taux de natalité des populations issues de l'immigration est un sujet d'angoisse. C'est l'un des ciments de l'ultra-droite : la population française, à la fois ethnique et culturelle, serait en train d'être remplacée par une autre, venue d'ailleurs, dont la religion, la couleur et les mœurs, lui sont étrangères. Un « grand remplacement » serait à l'œuvre.

Parmi les ultras, on trouve des courants forts et contraires : il y a la frange antimusulmane et celle antisémite, moins en vogue depuis les années 2000. La montée de l'islam politique et les attentats islamistes ont changé la tendance. Malgré des profanations répétées de cimetières juifs dans le nord et l'est de la France, qui mettent à rude épreuve le corps social, les actes antisémites de l'ultra-droite sont moins nombreux et moins violents depuis quelques années (nous parlons là de la part des actes antisémites commis par l'extrême droite. Le nombre total d'agressions antisémites en France, lui, est loin d'avoir baissé). La communauté juive est désormais davantage perçue par les ultras comme acceptant les règles du jeu et n'ayant pas d'agenda politique, quand la population arabo-musulmane aurait un « programme ».

Jean-Paul Gautier, historien spécialiste des droites extrêmes, recense d'autres points d'achoppement : il y a les tenants d'une restauration monarchique et ceux d'un régime totalitaire antiparlementaire ; les libéraux, qui s'opposent aux régionalistes. L'Union européenne est unanimement détestée, mais l'Europe reste un sujet de discorde, ainsi que la défense (armée de métier ou défense populaire), la politique étrangère (essentiellement, il s'agit d'être pour ou contre Israël), la place de la religion dans la société (chrétienne ou païenne)…

L'ultra-droite a ses codes, son esthétique, ses gestes clandestins. Au-delà des signes nazis les plus connus, qu'on voit encore sur quelques corps tatoués, au dos d'un blouson ou sur un drapeau, comme la croix gammée et l'aigle impériale, il y en a de plus occultes, réservés aux initiés. Le soleil noir, utilisé par les mouvements païens (et par les mystiques nazis), dans le sillage de Dominique Venner, qui pensait l'identité européenne anté-chrétienne. Ainsi s'expliquent aussi la popularité des musiques celtes et le retour en faveur de l'histoire de la Gaule. De tous les emblèmes, la croix celtique est le plus connu. Ce symbole ancien, récupéré politiquement une première fois par Paul Doncœur, aumônier de l'armée en 14-18 et proche des mouvements catholiques réactionnaires, refait surface sous Vichy, avant de devenir l'écusson du mouvement Jeune Nation de Pierre Sidos en 1949. Le sanglier est un animal totem des ultras, depuis la parution du livre de Guillaume Faye, *Pourquoi nous combattons, Manifeste de résistance européenne*, dont il orne la couverture, ainsi que la tortue, emblème de CasaPound en Italie. On se reconnaît, aussi, à son apparence. Des garçons bien coiffés posent dans des blousons de la marque Stone Island, une cible sur la manche. Ils veulent toujours faire peur, mais plus à leurs grands-mères. Ils soignent leur look. Ils portent les cheveux courts ou aristocratiquement noués en chignon, achètent des vêtements chez Thor Steinar, Lonsdale, des polos Fred Perry qui moulent les biceps, et chez les jeunes de tendance hooligan, qui aiment la rixe et le combat de rue, on a le style casual – blouson Harrington de Baracuta, Henri Lloyd, Lyle and Scott ou baskets Samba d'Adidas. Plus confidentielle, la marque Babtou Solide Certifié, lancée par Loïk Le Priol, un ancien du GUD (Groupe union défense).

À l'ultra-droite, on ne se salue pas non plus comme ailleurs. On peut tendre le bras droit, ou lever trois doigts de la main droite, ce « salut de Kühnen », une variante du salut hitlérien. Et puis il y a la quenelle, lancée par Dieudonné, sur laquelle les pouvoirs publics se cassent la tête. Ils ont pourtant légiféré. Geste « antisystème » – a minima, c'est un bras d'honneur –, son caractère antisémite n'est retenu qu'en fonction du contexte. Alain Soral a ainsi été condamné en appel, en 2016, à 5 000 euros d'amende pour une quenelle effectuée dans le Mémorial aux juifs assassinés, à Berlin. Le contexte laissait peu de doute.

Les armes de l'État contre les groupuscules ne sont pas toujours efficaces. La première est la dissolution, pour des motifs comme l'incitation à la haine, la discrimination, l'action violente, l'atteinte à l'ordre public, le terrorisme.

La loi date de janvier 1936. Elle avait permis de dissoudre les ligues. L'histoire récente regorge d'exemples. En 2013, après la mort d'un jeune militant d'extrême gauche, Clément Méric – en marge d'un événement organisé par la marque Fred Perry, justement –, sous les coups de skinheads, Troisième Voie, le groupuscule de Serge Ayoub, et les Jeunesses nationalistes révolutionnaires, son service d'ordre, en feront les frais, les deux hommes ayant porté les coups étant des sympathisants – mais non pourtant des membres officiels – de ce mouvement. Quinze jours plus tard, suivent l'Œuvre française et les Jeunesses nationalistes, qui sont pétainistes mais n'ont pourtant guère à voir avec cette mort tragique.

En 2019, le gouvernement Philippe dissout à son tour trois mouvements : Blood and Honour, Combat 18 et le Bastion social. Au-delà des effets d'annonce, la question se pose de l'efficacité de ces mesures, sous le coup desquelles, depuis 1936, sont tombés tant de groupuscules, quand ils ne se sont pas auto-dissous : Jeune Nation, le Parti nationaliste, Occident, Ordre nouveau, FANE, Unité radicale... Petit caillou dans leurs chaussures, puisqu'ils ne peuvent plus utiliser leurs comptes en banque, leur nom, leurs locaux, ce n'est en général qu'une contrariété passagère. Les croyances et convictions ne s'effacent pas sur décision gouvernementale. Reconstituer une ligue dissoute sous un autre nom n'est pas difficile – bien que ce soit un délit. Action française, interdite à la Libération, est revenue sous l'appellation Restauration nationale, avant de reprendre son nom. Ordre nouveau a pris les rênes du Parti nationaliste français, qui n'était qu'une coquille vide. Les services de renseignement n'aiment d'ailleurs pas tellement qu'on égaille dans la nature ceux qu'ils avaient dans le viseur. Et les dissolutions ont accéléré la décomposition des groupuscules au bénéfice des réseaux affinitaires, qui pratiquent ce que le chercheur Nicolas Lebourg, historien spécialiste de l'extrême droite, appelle un activisme publicitaire, et se disséminent. Écrasez l'ultra-droite sous votre talon, et vous n'aurez fait que l'éparpiller.

En 2013, la lutte contre le mariage pour tous a donné une cause commune à une population réactionnaire, traditionaliste ou néofasciste, qui s'est montrée capable de s'organiser. La Manif pour tous les a revigorés. Deux principaux groupes en ont émergé, grandis, et se sont consolidés : les Identitaires, proche du RN, et le Bastion social, nouvelle mouture du GUD.

Les Identitaires, mouvement fondé en 2002, devenu un parti politique en 2009, ont accouché en 2012 d'une section pour la jeunesse, Génération identitaire, très portée sur la communication, qui fait de la lutte contre l'immigration son leitmotiv et pratique avec un certain succès l'agitprop. Elle s'est fait connaître par des actions spectaculaires et plutôt non violentes – la violence a tendance à éloigner les éléments les plus brillants – comme l'occupation de la grande mosquée de Poitiers, des locaux de SOS Méditerranée, ou encore par le blocage de la frontière franco-italienne dans les Alpes, au col de l'Échelle.

Le 13 juin 2020, ils déroulaient une banderole dénonçant le racisme anti-blanc du toit d'un immeuble place de la République, sous les yeux de 15 000 manifestants rassemblés en contrebas contre les violences policières, à l'appel du comité Adama, dans le sillon du mouvement américain Black Lives Matter. Ils ont posé, ensuite, tout sourire, à l'arrière du fourgon de police qui les a embarqués – ou exfiltrés, comme ils ont préféré le formuler.

Chacune de leurs actions est un coup de pub. Pensé comme un Greenpeace de l'anti-immigration, Génération identitaire sert de vivier de recrutement au RN et certains identitaires sont devenus assistants parlementaires (Damien Rieu) ou travaillent dans des mairies frontistes, comme à Fréjus, Beaucaire ou Béziers.

Le Bastion social, plus borderline, plus agité, est une résurgence du GUD, sous la forme d'un groupuscule néofasciste. Proche des Italiens de CasaPound, le Bastion social draine dans son sillage les plus violents et les plus radicaux des militants, et a des antennes en province (Lyon, Chambéry, Lille, Angers, Aix-Marseille). Ses membres se sont rendus responsables d'agressions en fin de manifestation, notamment en 2013 à la Manif pour tous, dans les actes parisiens des Gilets jaunes, ou encore à l'occasion d'actions violentes contre des établissements scolaires.

Les effectifs réels de l'ultra-droite varient peu, il s'agit de quelques milliers de personnes. En 2004, les Renseignements généraux les estimaient entre 2 500 et

3 500 militants, répartis en cinq principales familles : les skinheads (entre 1 000 et 1 500 personnes) ; les identitaires (environ 800) ; les ultranationalistes (quelques centaines) ; les néonazis et les hooligans. On n'a pas connaissance que ce chiffre ait beaucoup grimpé, mais il y a flux et reflux entre ces mouvements informels. Les hooligans ont ainsi été drainés, à Paris, vers le GUD quand il existait encore, et vers les Zouaves de Paris aujourd'hui, tandis que de jeunes militants d'Action française se rapprochaient de Génération identitaire, ou du Bastion social… Lorsqu'ils se comptabilisent eux-mêmes, ils sont légèrement plus nombreux ; Génération identitaire a obtenu 2 000 réponses à un sondage interne, en 2012, sur la pertinence de présenter un candidat à la présidentielle. Ordre nouveau, avant sa dissolution, avait un fichier interne d'environ 2 000 adhérents (sous forme de petites fiches cartonnées…). Selon le chercheur Nicolas Lebourg, ce faible nombre est une spécificité historique française qui ne reflète pas forcément leur influence réelle : en 1936, l'extrême droite ne représentait que 5,5 % de la population française tandis que l'Allemagne était massivement inscrite au parti nazi. Fin 2019, la direction générale de la Sécurité intérieure (DGSI) ajoutait une catégorie, vue comme la plus dangereuse : les néopopulistes. « Les paramilitaires sont largement en déclin, les néonazis, on les voit beaucoup moins qu'avant. Les identitaires et les ultranationalistes sont suivis. Mais les néopopulistes, ce sont eux qui nous préoccupent le plus, commente un haut responsable du renseignement

français. C'est un péril, une menace sous-évaluée par les pouvoirs publics. Ce sont souvent de petits groupuscules au sein d'associations déjà constituées et connues. Sauf qu'eux veulent passer à l'action. Face à ce danger, nous devons prendre les devants. »

Les révolutions sont parfois le fait de minorités. Et l'ultra-droite, au chevet d'une société à vif, l'ausculte, attentive et concernée, pressée de deviner les signes annonçant que le grand jour est là, enfin – celui qui verra la fin de la République.

26 janvier 2014

C'est une curieuse manifestation. On dit que c'est par elle que tout a commencé, qu'on a considéré que c'était possible, que les droites extrêmes pourraient un jour converger. Elle porte un nom poétique qui renvoie aux révolutions les plus dures, celles de gens qui n'ont trouvé aucun support, aucune oreille pour écouter leur exaspération, leur aigreur, leur courroux, et qui soudain les laissent éclater sur les pavés, dans des slogans violents, nauséabonds, immondes. La manifestation s'appelle Jour de colère. « Dies Irae », la prose des morts en latin, le chant pour les défunts entonné, pendant des siècles, dans les communautés catholiques traditionnelles. Le rassemblement a lieu le 26 janvier 2014. Officiellement, le cortège réunit des milliers de personnes contre François Hollande, le fisc qui assomme les familles ou encore les couples gays qui aspirent au mariage. Les revendications sont diverses et attirent une frange radicale, dans laquelle se trouvent Civitas, Alain Soral ou encore Dieudonné. Certaines pancartes brandies portent la trace des ultras : « sionistes assassins », « franc-maçons : pédophiles », « journalistes : collabos ». La presse est insultée, des reporters frappés.

262 personnes sont interpellées et placées en garde à vue, une poignée seulement condamnées à du sursis pour des violences contre les forces de l'ordre. Mais le pari du Printemps français, derrière qui se cache Action française, est réussi : on a « coagulé » les colères.

« À bas les voleurs,
À bas la République »

Slogan entendu lors de la manifestation
Gilet jaune du 1er décembre 2018

Novembre 2018. Le mouvement des Gilets jaunes commence. Partout en France, éclatent des manifestations contre la hausse du carburant. Cette semaine-là, nous sommes dans les Vosges. Forêt profonde qui évoque le Canada, le froid de l'hiver qui approche est humide, mordant déjà. Les rues des villages sont désertes, les cours d'eau noirs et profonds. Nous sommes logés dans le petit pavillon d'un couple d'ouvriers d'une usine de papier, au bout d'une route qui n'a pas encore été goudronnée et qui se termine en cul-de-sac, butant contre un champ vide. Lorsque notre séjour s'achève, il faut aller toquer chez le voisin pour emprunter de l'essence, et allonger un billet pour aller faire le plein afin de gagner la gare, à une trentaine de kilomètres – le réservoir est vide, comme le portefeuille de nos hôtes. Et cela n'étonne personne, le carburant est cher, les temps sont durs. Dans certaines régions, comme en

Nouvelle-Aquitaine, on trouve des pompes où l'on peut bloquer à 5 euros le montant à payer – juste de quoi rentrer chez soi. C'est le cas partout où la fermeture des usines, des hauts-fourneaux et des mines a laissé les gens sur le carreau. Dans toutes ces provinces où une augmentation de quelques centimes du litre de carburant suffit à faire basculer des ménages entiers sous la ligne de flottaison.

Les observateurs s'interrogent : qui sont ces gens ? Éléments de langage : dans la presse, on parle de « jacquerie » avec l'accent des beaux quartiers, avant de supprimer le mot de son vocabulaire. Sur les sites internet de l'extrême droite, on se frotte les mains. Le poujadisme du mouvement – trop de taxes écrasent les petites gens – est plus que RN-compatible. C'est peut-être le moment qu'ils attendaient, un nouveau combat fédérateur, après celui de la Manif pour tous.

Sur les gilets des premiers manifestants, on voit parfois le mot Colère, suivi d'un numéro, celui du département. D'après l'enquête d'Adrien Sénécat pour *Le Monde*, les groupes « Colère », chacun avec son Facebook associé, ont été créés début 2018, donc plus de dix mois avant le début de la contestation. Ils avaient pour cible la limitation à 80 km/h décidée par le gouvernement Philippe, indifférente aux citadins mais impopulaire dans les campagnes et les zones périurbaines. Certains partis politiques, au premier rang desquels le Rassemblement national, y ont vu un potentiel de ralliement et se sont lancés dans la bataille. Mais 10 km/h de plus ou de moins, c'est trop peu pour durer. Le soulèvement s'essouffle, la mesure s'installe, l'année avance.

Quand la hausse du carburant est annoncée, ces associations locales se réactivent. Elles ont déjà des pages dédiées, qu'elles rebaptisent parfois, mais gardent les mêmes organisateurs, et conservent leurs abonnés. D'autres, qui ont donné de la voix contre le mariage pour tous, lors de la révolte des « bonnets rouges » ou sur des polémiques à thématique identitaire (burkini, repas hallal dans les cantines...), s'y agrègent. Les pétitions en ligne se multiplient. Certains sites ont des liens avec l'extrême droite et ne s'en cachent pas. De nombreuses pages de droite et d'extrême droite relaient les premiers appels au blocage de la France le 17 novembre, comme le site antisémite Démocratie participative, administré par Boris Le Lay depuis le Japon. Antoine Martinez, ancien général dans l'armée de l'air, coprésident des Volontaires pour la France, parti fondé après les attentats de 2015, annonce aussi la participation de ses militants. Une vidéo de Frank Buhler est partagée près de 200 000 fois et visionnée plus de 4 millions de fois – Frank Buhler, militant RN, rejoindra bientôt Renaud Camus dans son Comité national de la résistance européenne (CNRE). Les communautés internet de gauche ou d'extrême gauche, elles, ne jouent qu'un faible rôle à ce stade du mouvement.

Pour l'acte I, près de 1 500 actions sont prévues par les Gilets jaunes – blocages des routes, des ronds-points, des stations-service, opérations escargot, incendies de pneus, de palettes, barrières levées aux péages... La plupart ne sont pas déclarées en préfecture. Les autorités sont un peu dépassées – et très inquiètes. Deux jours plus tôt, les services de renseignement ont diffusé une note qui tente de dessiner les contours de ce qu'ils qualifient de « mouvement d'humeur » – à prendre au sérieux : il touche 90 départements et 579 villes. Trente unités de force mobile supplémentaires sont mises à la disposition des préfets, c'est-à-dire près de 4 000 CRS et gendarmes mobiles. Quelques semaines plus tard, en décembre, ce sera largement insuffisant. Des effectifs de la BRI et d'autres services non spécialisés dans le maintien de l'ordre comme les Brigades anti-criminalités (BAC) seront appelés en soutien, renforçant la confusion et la violence.

Des militants d'extrême gauche s'émeuvent précocement de la perméabilité de la révolte à l'extrême droite et dénoncent, en ligne, la présence d'antisémites notoires dans les manifestations parisiennes de novembre. Ils publient des photos sur lesquelles on reconnaît Hervé Ryssen (pseudonyme d'Hervé Lalin, écrivain raciste, antisémite et négationniste), Yvan Benedetti (chef de l'Œuvre française et des Jeunesses nationalistes avant leur dissolution, aujourd'hui président du PNF), ou encore Frédéric Jamet, ancien policier syndicaliste radié des forces de l'ordre, qui aurait été l'un des financiers du Crabe-Tambour, le bar du GUD créé à Paris par Logan Djian, également membre de l'Œuvre française. Il y a aussi Dieudonné, ou Alain Soral, tous vêtus d'un gilet jaune. Chez les antifas de Haute-Savoie, on dénonce un mouvement sans perspectives révolutionnaires qui, cherchant « la rébellion contre la morosité périurbaine », est facile à récupérer. Les références aux Gaulois dont les rues se parent (nombre de Gilets jaunes défilent sous la pancarte « Gaulois en colère », ou avec des casques ailés d'Astérix sur la tête), l'anti-fiscalisme viscéral, le manque de causes hors celle-là, en font une révolte populiste, poreuse à l'ultra-droite. L'extrême gauche, en région, tient donc ses distances et observe sans sympathie une révolte qui a le pouvoir d'achat et la vitesse sur les routes comme principales revendications.

Mais dans les rues parisiennes, la bataille fait bientôt rage. Des vidéos circulent sur lesquelles on voit d'abord Yvan Benedetti s'en prendre à une journaliste de « Quotidien » et à son caméraman – la presse, plus que jamais, est présentée comme aux ordres d'un pouvoir tenu par les nantis, et les journalistes seront, tout au long de cette année de manifestations, sévèrement pris à partie. Il repousse brutalement le preneur d'images. Sur la suivante, ses acolytes et lui font le coup de poing contre des black blocs qui les ont reconnus et entendent les chasser de la manifestation. Dernière image, une photo tweetée par Yvan Benedetti lui-même, sur laquelle il semble un peu secoué. Elle est accompagnée de ces quelques mots : « rencontre avec les antifas, chiens de garde du système ! ».

Lors de la manifestation particulièrement violente du 1er décembre, le magasin de souvenirs de l'Arc de triomphe est vandalisé – ce qui scandalise l'opinion. Un groupe de jeunes ultras, notamment les Zouaves de Paris et des membres du Bastion social emmenés par Valentin Linder, de Strasbourg, se constituent en une masse vindicative qui affronte les forces de l'ordre et des antifas. Cela sera assimilé par la police à la constitution d'un attroupement armé. Une figure de l'extrême droite est arrêtée : Sébastien Fèvre, Faivre ou Favier (il utilise plusieurs alias), surnommé par ses amis : « Sanglier ». Né en 1978 à Besançon, sans activité professionnelle, il a fait l'armée et a le grade de caporal. Il a appartenu à plusieurs mouvements politiques, dont Troisième Voie, le groupuscule de Serge Ayoub dissous en 2013, après la mort de Clément Méric. Les deux hommes sont restés proches puisque ce dernier fait partie du Gremium MC, club de Hells Angels fondé par Serge Ayoub, qui figure d'ailleurs parmi les cinq contacts les plus fréquents de son téléphone, sous la mention « Serge Prez ». Lors de la perquisition, on trouve sa carte d'adhésion à la section Franche-Comté de Troisième Voie, des Gilets jaunes, une carte postale et un tableau représentant Hitler, plusieurs drapeaux du GUD et nazis, une matraque noire en caoutchouc, une carabine et un pistolet à plombs, des cartouches, une grenade – de collection, dit-il. En audition, il reconnaît avoir été à Paris le 1er décembre 2018, en voiture avec des amis dont il refuse de donner le nom, mais il précise que l'un d'eux est dans la Légion. Il raconte qu'il a rejoint, vers l'heure du déjeuner, la manifestation des Gilets jaunes du côté de l'Arc de triomphe mais récuse avoir participé à la moindre action violente. Il avance même s'être placé en protection de la tombe du soldat inconnu, en tant qu'ancien militaire. On lui présente des photographies d'un tag à la peinture rouge sur le monument parisien : Augmenter le RSA. Et une signature : Sanglier. Il nie. Dans son téléphone, on retrouve cette même image, qu'il a envoyée à plusieurs amis. Il sera mis en examen aux côtés de 17 autres et seront jugés prochainement. Six militants du Bastion social ou des Zouaves de Paris, dont Marc de Cacqueray-Valmenier, rejeton aristocratique d'une vieille famille et champion de muay thaï, décrit comme leur chef, ce qu'il nie, ont quant à eux été condamnés pour des violences et dégradations commises sur les Champs-Élysées lors de cette même journée de manifestation.

Cet événement, au pied de l'Arc de triomphe, la violence et le nombre des participants, décident Emmanuel Macron à dissoudre quelques-uns de ces groupuscules, dont le Bastion social, par décret du 24 avril 2019, pour manifestations armées dans la rue et provocation à la discrimination, à la haine ou à la violence. Le ministre de l'Intérieur Christophe Castaner tweete sa satisfaction : « Contre les discriminations, face à toutes les haines, restons vigilants, unis et mobilisés. » Ça ne coûte rien de le dire. Des chercheurs comme Nicolas Lebourg, qui étudient ces mouvements sur le long cours, relèvent la difficulté accrue de les suivre lorsqu'ils passent dans la clandestinité, tout en soulignant la facilité avec laquelle il leur est possible de se reconstituer et de renaître, sous une autre appellation… comme le Bastion social n'a pas manqué de le faire, choisissant, dans chaque ville et chaque province où il s'est rallumé, un nouveau nom.

5 mars 2016

Un concert de RAC, rock anticommuniste, est organisé dans un petit village de l'Isère par Blood and Honour Hexagone, un groupuscule néonazi, dont le nom fait référence à la devise des Jeunesses hitlériennes. 480 interpellations suivent. 68 participants sont fichés S. Dans la foulée, trois des leaders du groupuscule sont mis en examen pour « participation à un groupe de combat ».

« Peuple français, réveille-toi ! »

Didier, ultra-jaune

C'est le début de l'hiver un peu partout en France, mais il est ici plus rude qu'à la capitale. Ce matin de novembre 2019, la différence de température entre Paris et les Ardennes nous paraît violente. Le froid saisit tout, dès la descente du wagon, les mains, les pieds, la gorge. C'est ici la France des ronds-points, celle des durs, ceux qui n'ont pas quitté les rassemblements week-end après week-end, parfois à trois ou quatre sur un parking ou en bordure de départementale. Ce jour-là, les dernières feuilles de l'automne sont charriées par l'Aisne, où barbote un couple de canards. On cherche un bistrot ouvert, un coin chaud pour attendre notre rendez-vous. L'homme que nous venons rencontrer tient à la discrétion et n'a accepté de nous parler que sur recommandation d'une connaissance commune, implantée dans la droite dure et dans les milieux pro-russes de Vladimir Poutine. Quand sa grande carcasse entre dans le café, on le reconnaît immédiatement. C'est bien lui qui, l'an passé, appelait près de l'Arc de triomphe à tuer des policiers et à trancher la tête des députés et des ministres. Didier, entrepreneur indépendant, la trentaine – un homme en colère.

21 mars 2018, acte XVIII. La nouvelle vidéo de Vincent Lapierre s'intitule « Les Gilets jaunes : le tournant ». Lapierre, 35 ans, est un ancien proche d'Alain Soral avec lequel il s'est brouillé pour des questions financières et de droits d'auteur. Il était un contributeur du site antisémite Égalité et Réconciliation, il gère désormais sa propre page YouTube, Le Média pour tous, et se décrit comme journaliste indépendant. Ses reportages dépassent régulièrement les 200 000 vues. Gueule de son temps et barbe de hipster, style soigné et élocution parfaite, le trentenaire est une figure respectée des Gilets jaunes, qui se pressent devant sa caméra et boudent les médias dits traditionnels. Le militant Éric Drouet encense ses vidéos, comme celles de la chaîne russe RT, vues comme des modèles de neutralité. La méthode de Lapierre ? Se fondre dans les manifestations. Il donne la parole à qui veut la prendre, ne censure pas les propos les plus violents – ses reportages étant diffusés sur internet, il n'a pas à se soucier des réprimandes du Conseil supérieur de l'audiovisuel. L'homme ne couvre pas seulement les Gilets jaunes. On l'a vu récemment se positionner sur l'avortement – « des parents qui tuent leurs enfants dans le ventre » –, ou encore la question palestinienne – « Je condamne le plus fermement du monde les actes de l'État d'Israël en terre de Palestine et je condamne de la même façon l'influence très forte et très néfaste du lobby pro-israélien en France

et la faiblesse du gouvernement français face à ce lobby, représenté notamment par le CRIF. Voilà, j'espère que les choses sont claires». Il réalise un reportage sur les «Gay Games», un sujet important, selon lui: «8 jours dédiés à des jeux soi-disant olympiques, destinés à la communauté gay, financés par nous, à hauteur de plusieurs centaines de millions d'euros: j'estime que ce n'est pas un sujet accessoire, ni annexe ni utile (...) surtout quand on sait qu'à la fin, c'est maître Klugman qui chapeaute tout ça», lâche-t-il, dans une dernière allusion aux relents aussi homophobes qu'antisémites. Il est comme chez lui dans les spectacles de Dieudonné, dont il filme les coulisses, alors que les représentations font l'objet d'une interdiction préfectorale, sur ordre du gouvernement. Il se faufile, toujours avec sa caméra, dans les couloirs du palais de justice de Paris, et tente de prendre des images du procès Méric, au milieu d'une foule hostile d'ultra-gauche qui menace de s'en prendre à lui. «À ma droite, les journalistes du système, commente-t-il. À ma gauche le public (...) Il y a déjà des militants antifascistes qui nous ont menacés, qui ont parlé aux gendarmes en disant que ça allait mal se passer avec nous (...) Comme je vous le disais tout à l'heure, il y a aussi des journalistes des grands médias, des multinationales, des milliardaires qui contrôlent les esprits, mais non, l'ennemi, c'est moi dans cette salle. Toute la cohérence des antifas.»

Le 21 mars 2018, donc, un homme s'approche du micro de Lapierre. Partout autour, Gilets jaunes et black blocs apparaissent et disparaissent dans la fumée des lacrymogènes. Un dégradé de jaune fluo et de noir auquel les services de renseignement donneront bientôt un nom : les « ultra-jaunes ». Casquette à l'envers, lunettes de piscine, tour de cou remonté sur le nez, veste matelassée noire, sac à dos, un manifestant explose : « 1789, c'est la solution. C'est la solution pour notre pays. C'est la solution d'éclater cette France, de tout recommencer, sortir de ct'Europe de merde », lance-t-il. C'est Didier. Énervé, menaçant, ému. Il poursuit : « Ils nous enculent tous les jours. On crève tous les jours à cause de l'Europe. Eux ils s'enrichissent. Mais moi, mes gosses, ils crèvent la faim. J'peux même pas les chauffer, j'peux pas mettre du fuel dans ma chaudière pour les chauffer l'hiver. Faut arrêter les conneries. Eux ils sont bien au chaud avec notre pognon et nos impôts. C'est terminé, qu'ils aillent se faire enculer. J'ai hâte qu'une chose, c'est qu'ils crèvent. On les chope. On va chercher la guillotine, et on les guillotine tous, les gouvernements d'avant également, on les guillotine avec. » Un ami intervient, plus calme, plus posé : « On est des pacifistes, on a fait des démarches. On a cramé des merguez pour nous montrer, on a monté des cahutes devant des préfectures, on a tout fait. Et il y a rien. Rien. Il y a eu le grand débat, enfumage total. Qu'est-ce qu'il nous reste d'autre comme solution ? Y a rien d'autre. Il nous reste rien d'autre que jeter des pavés. » Didier reprend la parole : « Vous savez, j'étais pour un parti politique avant. Aujourd'hui, j'ai plus de parti, je suis un révolutionnaire. Aujourd'hui, les black blocs ils sont là. Je suis bien content, je les soutiens à fond de cale.

Je serai derrière eux. C'est comme ça, c'est point barre. Maintenant le peuple ils doivent se réveiller. Ils se rendent pas compte : on voit Castaner là, aller faire la fête avec une jeunette là, en boîte privée. Mais où que c'est qu'on va ? Alors que nous on est en train de crever la dalle. Faut arrêter les conneries. Peuple français : réveille-toi. Sors de chez toi. Sors de ta cahute. On retourne ce pays et on r'commence tout ! »

Didier se mêle ensuite aux black blocs, attaque avec eux les policiers en rangs serrés venus protéger les institutions et certaines rues de la capitale. Ce père de famille pourrait-il en tuer un ? En est-il capable ?

Quelques mois plus tard, il est là, devant nous, sourire aux lèvres. Cheveux ras et barbe drue, yeux clairs un peu plissés, présence massive, il répond avec aisance, et se lance volontiers dans de longues digressions. Didier a l'habitude de partager ses idées. Il a créé, dès le début des Gilets jaunes, une page où il se filme régulièrement sur Facebook Live. Il y raconte, face caméra, dans sa voiture, dans sa maison ou perché sur ses engins de chantier, la colère qu'il sent monter partout dans le pays, l'occasion exceptionnelle qu'offre ce mouvement pour se faire entendre. Peu de vues, mais il s'en fiche : « Même si je suis tout seul, pas grave. » Didier est un irréductible. Côté pile, il est le sympathique Gilet jaune, à qui Intermarché offre des packs d'eau pendant qu'il fait le piquet sur le parking, avec ses amis. Côté face, il est prêt à buter du flic. Didier le dit d'emblée, c'était un adorateur de Jean-Marie Le Pen. « Lui il parlait pas comme un pet au fond d'un slip.

Tout ce qu'il a dit, ça s'est réalisé. Il a une vision réelle des choses », assure-t-il. Il n'a en revanche jamais été fan de sa fille Marine, et s'est rapidement détourné des urnes, même s'il apprécie Marion Maréchal. Il s'est remis à la politique avec les Gilets jaunes mais se garde bien d'afficher des opinions trop extrêmes sur les réseaux sociaux. Didier a des amis partout dans les Ardennes, à Rethel aussi où une liste GJ a fait 8 % aux municipales. Dirigée par Hervé Cambraye, la liste comptait en numéro 2 sa compagne, Anne-Sophie Leclère, ancienne membre du Front national condamnée en 2016 pour injure publique raciale après avoir comparé Christiane Taubira à un singe. « À la limite, je préfère la voir dans un arbre (...) que de la voir au gouvernement », avait-elle affirmé aux journalistes de l'émission « Envoyé spécial », diffusée sur France 2. « C'est une liste sans étiquette », assure pourtant Didier.

Notre homme était à Paris le 17 novembre 2018, il se souvient avec émotion de cette union, cet esprit de concorde. « On avait tout le monde. Personne ne regardait qui était de droite ou de gauche. Le voisin, c'est juste le gars qui est dans la même misère que toi. » Très vite, le père de famille intègre le black bloc. « On est là pour se mettre entre le peuple et les flics, la milice », harangue-t-il. La « milice » ? Les policiers de la BAC qui, dit-il, mènent le combat habillés comme des civils, en jeans sweat-shirt, avec des méthodes de cow-boy ; qui tirent les manifestants comme du gibier, ne visant pas les jambes mais la tête. Ils sont l'ennemi. « À chaque fois c'est eux qui foutent la merde. » Le 16 mars, Didier est de retour. « On a pété les boutiques. On nous a fait chier avec le Fouquet's. Mais d'abord, c'est les flics qui ont mis le feu. Et puis t'as vu une boulangerie brûler, toi ? Un petit commerce ? Nan. Le 16 mars, on a eu une haie d'honneur. On est soutenus par le peuple. La BAC, la milice, ils couraient dans la rue comme des lapins de garenne. Ils mettaient même pas leur brassard. » Le manifestant voit la France comme une dictature. Les propos de Didier Lallement – le préfet de police de Paris qui, alors qu'il était filmé, s'est adressé à une Gilet jaune en ces termes : « Nous ne sommes pas dans le même camp, Madame » – le confortent. Il saute d'un sujet à l'autre, souvent complotiste. « Il y a une forme d'esclavagisme des riches par les pauvres. Pourquoi on t'enlève petit à petit l'argent liquide, d'ailleurs ? (sous-entendu, de moins en moins d'espèces sont acceptées dans les magasins). Car tu ne peux plus te rebeller. Tout devient traçable. » Son discours sur les médias est terrible. Dans sa bouche, BFM-TV devient une « saloperie à Macron ». Il ne jure que par les pages Facebook des Gilets jaunes qu'il consulte par dizaines, Vincent Lapierre et le « journaliste » indépendant Gaspard Glanz, qui « dénoncent la vérité ». Les autres ne cherchent qu'à détourner l'attention. L'incendie de l'usine Lubrizol à Rouen, « c'est un vrai Tchernobyl, c'est tout. Mais à midi, Chirac était mort. T'as entendu parler de Rouen, toi, après ? ».

On s'attarde un instant sur Didier, son sourire figé et son menton légèrement en avant, dans la pose d'un gamin qui ferait l'intéressant devant ses copains. Et on se demande à nouveau : serait-il capable de passer à l'acte ? Sa violence est-elle préméditée, organisée ? « Dans la rue, on sait comment s'échapper, répond-il. On dépose les affaires un ou deux jours avant le rassemblement dans une cachette au plus près du parcours de la manif. Nous, on arrive au milieu des Gilets jaunes. On a même des gilets, des brassards et des drapeaux de la CGT, comme ça on se fait pas arrêter en voiture quand on arrive. » Didier ajoute : « C'est pas simple des fois, t'es obligé de jouer un rôle. » L'Ardennais a aussi quelques armes qu'il garde chez lui, dont un Mauser semi-automatique. Un ami artificier lui a montré comment confectionner des grenades. « J'en ai préparé deux. Mais il ne faut pas que ça parte en guerre civile, sinon Macron enverra l'armée. Si les militaires sont partout, on est cuits. » Le Mauser, Didier l'a échangé contre une « boucle allemande ». C'est le sport du coin, faire des fouilles clandestines à la recherche d'objets de la Seconde Guerre mondiale. Il est prêt à prendre les armes, mais au bon moment, assure-t-il. Il aimerait des « flingues récents ». « On a mis ça dans un coin de notre tête. Voir comment les choses évoluent. » La dernière lubie de Didier est de se faire un « tatouage spécifique, un projet pour qu'on puisse se reconnaître entre nous dans la rue ». En attendant, le militant ultra-jaune fomente ses plans, regarde des vidéos de manifs pour « observer un peu les techniques des policiers ». « On a hésité à aller sur un plateau télé et dire ce qu'on a à dire. Si on doit tuer des gens, des policiers, on le fera. S'il y a des dommages collatéraux, tant pis. Ça fait des années qu'ils nous donnent du grain de temps en temps, comme les poules, pour nous calmer. »

L'homme se méfie beaucoup des Renseignements territoriaux (RT), évite de parler au téléphone ou de côtoyer publiquement telle ou telle personne qui casse du flic avec lui le week-end. « Le Gilet jaune qui repart tranquillement le samedi à 17 heures après la manif ? Faut arrêter. On veut une révolution ou pas ? Il faut les pousser à lâcher les armes et à nous laisser faire ce qu'on veut. Aller chercher les députés, etc. Toutes les institutions, il faut les prendre. Sénat, Assemblée nationale, etc. Tout ça il faut le prendre. De toute façon, ça appartient à qui ? Le peuple. » Sa femme est au courant de son activisme. « Peut-être qu'un jour, je tomberai (...) Moi je veux juste que ma vie s'améliore. C'est ce que le peuple demande », dit-il, dans un élan de romantisme guerrier. Didier devait venir aux manifestations parisiennes fin 2019 et début 2020 mais il n'a pas fait le déplacement. Il attend que « ça monte ». Et puis il est persuadé d'avoir « les RG au cul ».

Il a raison. Début décembre, en marge d'un rassemblement à Reims, les flics ont attendu qu'il prenne sa voiture pour l'interpeller quelques centaines de mètres plus loin. Des véhicules de police les ont bloqués, devant et derrière – Didier et ses amis avaient été pris en filature. Les voilà fouillés à même le capot, comme dans une grosse production hollywoodienne. « Ils avaient l'air déçus. Ils n'ont trouvé que des masques à gaz », relate-t-il avec un mélange de peur et d'excitation. Depuis, l'homme se faisait plus discret mais le confinement l'a fait sortir de ses gonds. Lui qui prenait le plus grand soin à ne pas afficher sa colère livre désormais, sur Facebook, publication après publication, le fond de sa pensée. Le coronavirus ? « Le gouvernement a menti et participé à un génocide contre le peuple français. » Il « like » les pages de médias alternatifs comme Cerveaux non disponibles, suivie par près de 300 000 personnes, dont des milliers ancrées à l'ultra-gauche, qui entretient la haine des forces de l'ordre, ses administrateurs parlant d'« horreur policière ». La police ? Des « SS », « des chiens de la casse à Macron », affiche-t-il au vu de tous. Didier n'est pas un profil isolé.

Depuis la fin 2019, la convergence entre Gilets jaunes, ultra-gauche et ultra-droite est constatée par les gendarmes dans la région bordelaise, qui partagent leurs informations avec le Renseignement territorial. Des équipes de surveillance sont mises en place. Sur les boucles Telegram, une messagerie instantanée cryptée, fleurissent les appels au rassemblement en « noir et jaune ». Le 7 décembre, un groupe d'ultras loue un appartement sur Airbnb au Bouscat, une commune de 23 000 habitants de l'agglomération bordelaise. En tout, près de 20 activistes, dont 8 femmes, organisés en commandos, s'y réunissent, prêts à en découdre avec les forces de l'ordre. Gendarmes et policiers mènent une opération coup de poing le matin même de l'acte LVI des Gilets jaunes. Selon la synthèse du procès-verbal de perquisition, les policiers découvrent « un atelier artisanal de confection d'engins offensifs, dont certains explosifs, destinés à l'attaque des forces de l'ordre lors de la manifestation prévue l'après-midi même ». Les enquêteurs trouvent également du matériel de protection, des bouchons-clous (projectiles en acier) et des bouteilles d'acide chlorhydrique destinées à la confection de cocktails Molotov. « La radicalité est montée d'un cran, explique au *Point* une source du renseignement. Mais, surtout, elle est partagée au-delà du cercle fermé de l'ultra-gauche. » « Les ultra-jaunes ont imité le mode opératoire des black blocs, dont ils admirent l'efficacité, poursuit la source. La violence leur a donné un statut et une raison d'être : ils sont craints du pouvoir. Du point de vue des autres manifestants, ils incarnent les justiciers et se perçoivent comme tels. Après le 8 décembre 2018, nous avons considéré que nous étions dans une situation insurrectionnelle. » Les services de renseignement estiment à 300 le noyau dur des ultra-jaunes. Des citoyens comme Didier, qui ne savent plus que penser, qui croire, contre qui diriger leur rancœur, et comment l'exprimer.

C'est la fin de notre entretien. Le père de famille se lève, sa large stature s'encadre dans la porte, le vent froid de la révolte entre un instant dans le bistrot, les clients serrés au comptoir frissonnent. La porte se referme.

> *« Je serais vraiment inconséquent de ne pas appliquer la préférence nationale. »*
>
> Jean-Eudes Gannat, leader de l'Alvarium, association identitaire d'Angers

25 octobre 2013. À l'occasion d'un déplacement à Angers de la garde des Sceaux, Christiane Taubira, une manifestation est organisée par les comités de lutte contre le mariage pour tous devant le tribunal où la ministre est reçue. Une poignée de familles d'apparence bourgeoise, beaucoup d'enfants, quelques jeunes gens qui rôdent avec l'air de chercher un mauvais coup, sont maintenus derrière un mince cordon de CRS paraissant s'ennuyer. Dans le brouhaha, on ne distingue pas tout de suite les slogans, clamés par des voix aiguës. Les enfants affichent de grands sourires, ils sont excités, tout ça leur paraît très amusant. Les adultes, autour d'eux, les couvent d'un regard bienveillant. Puis les voix se font plus nettes et les mots, abjects, émergent. « C'est pour qui la banane ? C'est pour la guenon. » Une petite fille, 8 ans, 10 ans peut-être, rit avec délice en agitant une peau de banane. Ils scandent, tous ensemble, en rythme : « La guenon – mange – ta

banane. » Une femme, lunettes de soleil sur le nez, trench beige, se détourne en souriant d'un air complice.

La scène est filmée plusieurs fois, les organisateurs de l'événement auront beau jeu de nier que les enfants d'Angers crient à pleins poumons des injures racistes au milieu de leurs parents enchantés. Électrochoc. Dans cette ville qu'on pensait catho de gauche, de droite modérée, ou prudemment centriste, attentiste, convenable toujours, on s'interroge. Des observateurs – avocats, journalistes, éducateurs et policiers – décèlent une conjonction entre plusieurs phénomènes récents : une opposition politique et citoyenne à l'islam comme au mariage pour tous, l'influence croissante de groupes religieux extrémistes au sein de la communauté catholique traditionnelle, l'existence d'écoles primaires et secondaires hors contrat se plaçant dans le courant intégriste de la Fraternité Saint-Pie-X, longtemps excommuniée, mal réintégrée, et un malaise au sein des universités, qui rencontrent la montée en puissance de groupuscules violents.

Angers est une grosse et vieille cité bâtie sur les bords de Loire, au cœur de l'Anjou, autour d'une gigantesque forteresse royale voulue, dit le site, par Saint-Louis et sa mère, Blanche de Castille. Dix-sept tours de pierre noire, hostiles, dessinent une masse ventrue d'un autre temps. Les fortifications médiévales de la ville ont disparu au XIXe, mais dans le centre aux ruelles tortueuses subsistent des maisons à colombages. Bourgeoise et prospère, Angers est envahie de dizaines de milliers d'étudiants attirés par les deux grosses facultés, les instituts et les écoles privées. Elle est catholique et pieuse, mais elle a été de 1977 à 1998 le domaine de Jean Monnier, qu'on appelait le roi Jean, son historique maire socialiste. François Mitterrand avait prédit : « Quand Angers sera socialiste, la gauche l'emportera en France »…

Angers est riche mais elle concentre dans ses faubourgs des îlots sensibles où la pauvreté est endémique. Elle est, surtout, aux portes de la Vendée, en plein pays chouan, la terre des guerres de l'Ouest : guerre de Vendée et chouannerie, cette violente et longue révolte paysanne que Michelet éreinte et dont les remous ont été longs à s'estomper. À Angers, la République ne s'est pas implantée facilement. La ville a été éventrée et la célèbre place du Ralliement, où se retrouvent aujourd'hui les étudiants, a été aménagée sur les ruines de trois églises qui s'y serraient. Pendant la Terreur, 2 000 personnes sont fusillées sur un terrain imbibé de leur sang qu'on appelle aujourd'hui le champ des Martyrs. La tombe de Cathelineau, jeune chef vendéen, est un lieu de pèlerinage pour certains.

L'écrivain Danièle Sallenave a grandi en bordure d'Angers, entre deux parents instituteurs, purs produits de ce que la IIIe République avait de meilleur, venus d'un milieu modeste et passés par l'École normale, lestés d'une culture solide qu'ils diffusaient au plus grand nombre, enfants de paysans ou d'ouvriers. Elle raconte dans *L'églantine et le muguet*, un pèlerinage sur les chemins de son enfance, comment les mentalités ont changé ici et pointe un glissement local vers la droite dure la plus intolérante, à qui la lutte contre le mariage pour tous a offert une cause commune. La Manif pour tous et les associations nées de cette contestation (Sens commun, notamment, qui représente un courant au sein des Républicains et a des élus au conseil municipal) ont libéré la parole et provoqué un réflexe identitaire. Trois ans après le passage de la loi voulue par François Hollande, une partie de la majorité municipale angevine refusait encore de l'appliquer. La « clause de conscience », évoquée par François Hollande en décembre 2012, n'a pourtant pas été retenue et les élus ne peuvent pas refuser de célébrer une union de personnes de même sexe. Mais, on peut toujours, quand on est de permanence le samedi où a lieu un mariage homosexuel, se faire porter pâle.

Ce glissement à droite et le réveil des thèses identitaires préexistent localement au mariage pour tous. En mars 2011, une séance du conseil municipal, à l'époque PS, est consacrée à la construction d'une mosquée qui agite la ville. Les délibérations sont en cours quand des militants de la mouvance identitaire, emmenés par Benoît Couëtoux du Tertre, débarquent, affublés de nez de cochon. La réunion est perturbée. Les manifestants postent fièrement sur les réseaux sociaux une photo au surréalisme inquiétant, masques enfantins rose bonbon, t-shirts noirs et bras croisés pour faire saillir leurs biceps. Un employé de la mairie reconnaît le meneur, fonctionnaire à la préfecture. Traduit en justice, Couëtoux du Tertre est relaxé en appel mais il sera muté à la sous-préfecture de Segré.

Quelques années plus tard, la ville est passée à droite – le maire, Christophe Béchu, soutient Emmanuel Macron –, et les travaux de la mosquée sont bien avancés quand les ouvriers trouvent en arrivant deux têtes de sanglier accrochées aux grilles du chantier. Le sanglier est l'emblème du Bloc identitaire, c'est un animal de référence de l'ultra-droite et il est utilisé comme surnom pour plusieurs de ses personnalités (Sanglier, pour Sébastien Fèvre, le biker proche de Serge Ayoub, ou « Marc Hassin » pour Cacqueray-Valmenier, leader supposé des Zouaves de Paris issu d'une famille ultraconservatrice qui compte notamment un abbé de la Fraternité Saint-Pie-X et un élu du Rassemblement national au Mans).

En 2013, Benoît Couëtoux du Tertre participe avec Jean-Yves Le Gallou, ex-député européen frontiste et ancien membre du club de l'Horloge, à la fondation d'Iliade, un « institut pour la longue mémoire européenne ». La première adresse de l'association est celle du domicile de Couëtoux du Tertre, à Angers. Sa femme Fabienne en est la trésorière. La création d'Iliade répond aux derniers vœux de l'idéologue d'extrême droite, Dominique Venner, qui vient de se tirer une balle dans la bouche derrière l'autel de Notre-Dame de Paris. Membre de l'OAS pendant la guerre d'Algérie, cofondateur du Grece (Groupement de recherche et d'études pour la civilisation européenne), en 1969, avec quarante militants dont Alain de Benoist, l'essayiste a laissé un ultime message, lu sur Radio Courtoisie quelques heures après son suicide : « Alors que je défends l'identité de tous les peuples chez eux, je m'insurge aussi contre le crime visant au remplacement de nos populations. » Son suicide est destiné à « rompre la léthargie qui nous accable ». Six ans plus tard, lors du congrès annuel d'Iliade organisé à la maison de la Chimie, à Paris, la salle entière se lève pour rendre un hommage silencieux à Dominique Venner avant l'ouverture des conférences.

L'institut Iliade bénéficie du soutien de personnalités qui ne se rattachent pas seulement au RN. En 2014, le conseiller municipal angevin Maxence Henry, du parti Les Républicains, salue la justesse de la nouvelle vidéo d'Iliade intitulée « Ni Lampedusa, ni Bruxelles, être européen ! ». Le même Maxence Henry défilera contre la PMA en 2019 à Paris, en portant son écharpe tricolore.

Pour les membres de l'institut Iliade, le plus important est de remporter la bataille culturelle. Sur leur site, on tombe d'abord sur une page de conseils afin de se constituer une bibliothèque idéale. Trois librairies sont recommandées, dont la fameuse Nouvelle Librairie située rue de Médicis, à Paris, un établissement important dans la nébuleuse ultra, tenu par un proche d'Alain de Benoist, qui met en vitrine des œuvres de Brasillach, Céline et Maurras. Iliade diffuse également ses propres publications, dont un *Discriminer ou disparaître ?* Son 6e congrès annuel à la maison de la Chimie à Paris, couvert par *Le Nouvel Obs*, rassemble en mars 2019 Marion Maréchal et son compagnon Vincenzo Sofo, membre de la Ligue italienne, Génération identitaire dont le porte-parole, Romain Espino, est accueilli en héros (le groupuscule, menacé de dissolution, a depuis été interdit), et d'anciennes figures du Grece – dont Iliade, prêchant la différence entre les peuples, est l'héritière. Dans la grande salle, des objets « celtico-païens » sont en vente : t-shirts à effigie de tête d'aigle, casques ailés, bols « fille du clan » ou « gaulois » et CD de musique celtique. Car dans la pensée de Venner, toujours à l'œuvre dans ce courant, l'identité européenne remonte à une époque antérieure au christianisme. Son fondement, ses racines, sont davantage ethniques et puisent leurs racines dans le sang des peuples celtes, dont la culture doit être redécouverte. La constitution d'un ensemble de références communes à l'extrême droite passe aussi par cette sous-culture et l'idéologie se diffuse ainsi au grand public.

La montée de l'extrême droite et de ses débordements ultras dans le sillage de la Manif pour tous n'est certes pas un phénomène angevin, mais elle a trouvé un terrain de choix dans les milieux catholiques réactionnaires de la ville. La région est aujourd'hui le creuset d'un radicalisme chrétien de plus en plus vivace dans les universités privées, dénonce un professeur dans une lettre ouverte. L'UCO, la célèbre Université catholique de l'Ouest, surnommée « la Catho », qui regroupe 10 000 étudiants à Angers et dans ses six antennes, a vu grandir en son sein l'influence de la communauté de l'Emmanuel depuis la nomination en 2012 de Dominique Vermersch, son nouveau recteur, qui en est un membre important. Cette association de fidèles est née d'un groupe de prière dans les années 1970 et se distingue par son prosélytisme.

Elle rassemble environ 10 000 personnes, ce qui paraît peu, mais son influence dépasse largement ce cercle. Elle est la clé de voûte du Renouveau charismatique en France et exerce une influence croissante au sein de l'Église. Beaucoup dénoncent la radicalisation de la Catho depuis l'arrivée de Vermersch à sa tête. Le Gallou y tient régulièrement des conférences. Le 18 février 2014, plus de 600 étudiants viennent assister à un exposé intitulé « L'écologie humaine » par Tugdual Derville, porte-parole de la Manif pour tous et délégué général d'Alliance Vita, une association fondée en 1993 par Christine Boutin qui milite contre l'avortement, l'euthanasie et le mariage entre personnes de même sexe. À la fin de la conférence, un petit groupe d'étudiants se lève pour protester que leurs questions ne soient jamais remontées à la tribune. Ils sont expulsés par un service d'ordre privé – mais tolérés par la direction de l'université – et molestés dans la rue. Certains devront faire soigner leurs blessures au CHU voisin. Le personnel administratif et les enseignants dénoncent aussi la gestion autoritaire du nouveau recteur et, fait exceptionnel dans l'université, débrayent plusieurs heures en 2015.

À Saint-Serge, l'université publique, des étudiants d'extrême droite tentent, en 2012, de réimplanter le RED (Rassemblement des étudiants de droite). Ce mouvement né à Assas dans les années 2000 après la dissolution du GUD, proche du Front national, veut « soutenir la culture et l'identité françaises, inculquer des valeurs patriotiques dans l'enseignement et défendre la famille traditionnelle ».

Le RED s'illustre pendant quelques années dans des bagarres contre des militants de gauche, l'attaque du lycée autogéré de Paris, ou la perturbation d'une conférence de Simone Veil sur l'avortement, avant de s'auto-dissoudre en mars 2009, dans la plus pure tradition des groupuscules d'ultra-droite. C'est trois ans plus tard qu'il renaît de ses cendres, à l'université d'Angers, à l'occasion des élections au Crous. Le RED s'engage dans la Manif pour tous et réclame par la même occasion l'abrogation du Pacs. Sur internet, il relaie les appels à une prière de rue contre l'avortement lancés par SOS tout-petits, association dont l'ancien président Xavier Dor a été condamné de nombreuses fois pour délit d'entrave à l'IVG, et soutient le candidat municipal FN.

En 2018, c'est encore d'Angers qu'est lancé l'appel à une union des droites. Parmi les premiers signataires, on trouve notamment Jacques Bompard, Christine Boutin, Thierry Mariani, Robert Ménard, Charles Millon, Jean-Frédéric Poisson, Christian Vanneste…

Mais c'est aussi dans la rue et parmi la jeunesse que se propage, insidieuse, cette violence. Le 22 octobre 2016, ils sont une petite bande venue d'un peu partout dans la région, Le Mans, Nantes, Angers. Ils ont passé la soirée chez l'un d'entre eux, à boire et à s'exciter contre les noirs, les Arabes, les immigrés ; c'est toujours la même chose et leur colère, un peu factice parfois, leur appétence pour la violence, réelle, les soudent pourtant. Ils boivent de la bière, de l'absinthe – un alcool de poètes maudits, ça leur plaît. À minuit, ils sortent dans les rues endormies.

Ils sont une dizaine, tous liés à Génération identitaire, enfants d'aristos ou de bourgeois, prolos pour certains, très jeunes en général, unis par une même haine. Ils ont peu de diplômes, pas tellement d'avenir cette nuit, leur idéologie est peut-être vacillante, mais ils ont envie d'en découdre. Le plus âgé, un dandy en canadienne, aime s'encanailler avec eux. Yeux très bleus, regard brumeux, il se dit écrivain, son avocat le décrit comme maniaco-dépressif. Un livre à sortir en 2020 chez Gallimard, nous annonce-t-il quand nous le rencontrons, fiévreux, la mèche au vent, hésitant entre l'attitude de l'agent provocateur et la retenue mystérieuse du clandestin. (Du livre, on ne trouvera pas trace, malgré nos recherches.) Ce jour d'automne, il n'a pas encore 40 ans et porte une petite matraque dans la poche.

La soirée se poursuit rue Bressigny, au Falstaff. Pierres crémeuses et trottoirs étroits, chaussées désertes, lumières glauques et tamisées du bar où la nuit s'éternise sous la devanture verte, le serveur sait que ça va dégénérer. Un sans-abri maghrébin, qui ne pourra pas se constituer partie civile – il est sans papiers – est roué de coups. Ils poursuivent ailleurs leur soirée. Vers 2 heures du matin, une deuxième bagarre éclate, devant une boîte de nuit. On les entend crier « à mort les Arabes, à mort les noirs »... Ils cognent des hommes à terre. Quand la police arrive, certains refusent de se laisser faire, d'autres prennent la fuite. Trois sont embarqués. Plus tard, en cellule, l'un d'eux tentera d'étrangler un brigadier, raconte un article de la presse locale.

Le premier des gardés à vue est l'écrivain dépressif. Le deuxième, encore mineur, est jugé à part, mais il reconnaît être encarté à Génération identitaire. Le troisième, François-Aubert Gannat, né en 1997, âgé de 20 ans, est condamné sept mois plus tard, le 3 mai 2017, par le tribunal correctionnel à dix mois de prison avec sursis et 175 heures de TIG, dont il fera appel. La peine est confirmée le 5 février 2019. Au tribunal, il ne revendique rien, ne nie pas non plus. « Si vous le dites », lâche-t-il, indifférent et blasé. Interrogé sur son appartenance à Génération identitaire, il répond du bout des lèvres : « J'ai fait deux trois trucs avec les Identitaires à un moment donné, des cours de boxe et des maraudes pour les SDF. »

Il y a une esthétique de leur violence, comme le montre une illustration sur son profil Facebook : trois gentlemen dans un escalier, dont l'un aux cheveux roux, comme lui, désabusés et flegmatiques, en blazer, une batte de baseball à la main. Il y a du sang sur les marches. C'est ainsi qu'ils se rêvent, même si la violence de rue d'un homme ivre éructant des insultes racistes avant d'être plaqué au sol par la BAC sera peut-être moins glamour.

Au procès, François-Aubert est accompagné de jeunes hommes aux cheveux ras – dont son frère aîné – qui se tiennent au fond de la salle, présences physiques silencieuses et d'apparence impassible. Son père, Pascal Gannat, ancien chef de cabinet de Jean-Marie Le Pen, n'est pas venu à l'audience. Il a signé l'appel à l'union de la droite et siège au conseil régional des Pays de la Loire. Un père notable et des enfants voyous ? Ils ont pourtant de qui tenir. Avant de rejoindre le FN en 1984, il a milité dans le groupuscule néofasciste Parti des forces nouvelles, une résurgence d'Ordre nouveau, dissous en 1974. Le Parti des forces nouvelles puisait d'ailleurs une partie de son idéologie dans les écrits de Dominique Venner. Après la publication du nom de son fils dans la presse locale, Pascal Gannat passera un appel furieux au journaliste de *Ouest France*.

Deux jours après ce premier jugement, en pleine élection présidentielle, François-Aubert et deux amis sont de nouveau au Falstaff. À minuit et demi, ils insultent un homme noir, le traitant de « sous-race ». « Même mon chien et mon singe sont plus de race », insultent-ils. Leur avocat plaidera l'abus d'alcool, décrira une beuverie de jeunes gens sans idéologie. Mais certains voient autre chose dans la descente en ville de ces bourgeois avinés, membres ou sympathisants de Génération identitaire, qui hurlent des insultes racistes sur fond de saluts nazis, brutaux, dangereux – quelque chose qui tient plus de la ratonnade que de la soirée entre amis.

Les prévenus vont avoir de la chance. François-Aubert est d'abord condamné à trois mois de prison dont deux avec sursis. Il fait appel. Une erreur de procédure (la citation sera délivrée plus d'un an après) impose finalement la relaxe. Le parquet manifeste peu d'intérêt pour ce genre de cas, nous explique un avocat de la Ligue des droits de l'homme locale.

Quelques jours après cette nouvelle bagarre, l'un des mêmes participants, François Mamès Cosseron de

Villenoisy, 19 ans, participe à l'agression, ultra-violente cette fois, de deux jeunes garçons à Nantes. C'est le soir de l'élection présidentielle. Deux amis, Erwan (18 ans) et Steven (16 ans), rentrent chez eux à Bellevue quand ils tombent sur une petite bande qui cherche à affronter des antifas. Erwan et Steven n'en sont pas. Peu importe. Ils sont passés à tabac avec une violence telle qu'Erwan est laissé pour mort sur le pavé. Les agresseurs sont mis en fuite par un automobiliste. Dans l'ambulance qui le conduit à l'hôpital, Erwan fait un arrêt cardiaque. Il est placé plusieurs jours dans un coma artificiel et il aura toute sa vie des séquelles. François Mamès Cosseron de Villenoisy a été élevé dans une famille nantie. On aura du mal à trouver parmi les causes de sa brutalité un défaut d'insertion.

Certaines paroisses catholiques angevines ont beau être très marquées à droite, la violence de rue, voyou, brutale, des enfants de sa classe dominante les étonne. Des garçons paradoxalement mal insérés scolairement et professionnellement. Une jeunesse tumultueuse qui cultive une esthétique, travaille à l'usine ou pas du tout, touche sa bille en histoire, porte la veste mais a les poches crevées, qui condamne et rejette, en bloc, toute son époque : l'immigration, le mélange des cultures, la société de consommation. Des jeunes gens qui ont les mêmes réseaux, les mêmes références. « Normalement, je ne devrais pas avoir besoin de t'expliquer cette référence, c'est Brasillach », répond l'un d'eux sur son Facebook à un ami qui lui demande l'auteur du poème qu'il vient de publier. Ils ont été scolarisés dans les mêmes écoles, catholiques et privées pour la plupart, et fréquentent les mêmes paroisses.

La Porte latine est le site officiel de la Fraternité sacerdotale Saint-Pie-X, mouvement catholique intégriste fondé en 1970 par Mgr Lefebvre. La communauté a été excommuniée par le Vatican en 1988, elle prône la tenue de la messe en latin. Les liens de cette mouvance avec une partie de l'extrême droite, en France et en Belgique, sont notoires. Le site référence les écoles qui s'inscrivent dans « la Tradition » – tout en encourageant l'enseignement à domicile qui permet de mieux préserver les enfants d'une modernité délétère. « L'accélération générale de la décadence dans la société et dans l'Église effraie et inquiète tout le monde », écrit en ligne le frère Albert. L'école d'Avrillé, dans la banlieue d'Angers, en fait partie et sera pointée par les inspecteurs de l'académie en juin 2017, après que Najat Vallaud-Belkacem, alors ministre de l'Éducation nationale, a décidé de durcir l'inspection des écoles privées hors contrat, qu'elles soient catholiques, musulmanes ou à pédagogie alternative. Notre-Dame-d'Orveau, à Nyoiseau, en fait également partie, où Marine Le Pen a scolarisé un de ses enfants. Ces écoles, souvent des pensionnats situés en rase campagne, se multiplient. La Fraternité (dont le siège est basé en Suisse) est riche, ses donateurs pléthore, et la montée en puissance du discours identitaire pousse toujours plus de familles vers ces établissements. Le contenu de l'enseignement permet, dans des matières comme l'histoire ou le français, des dérives qui seront pointées par les inspecteurs, ainsi que le révèle *Le Nouvel Obs*. Dans certaines écoles de la région d'Angers, on reçoit ainsi une bonne note pour avoir fait l'apologie de la peine de mort, on dénonce dans des dissertations la Révolution comme une « imposture d'essence satanique », et on idolâtre le maréchal Pétain.

C'est sur ce terreau qu'a été créé l'Alvarium. Dirigée par Jean-Eudes Gannat, le frère aîné de François-Aubert, l'association locale de la jeunesse identitaire angevine a cristallisé quelque chose de la violence de ces jeunes nantis. Ils se présentent comme un lieu de rencontre et affichent une vocation sociale. Sur leur site, on peut faire des dons sur PayPal pour les soutenir. Ils font des maraudes pour venir en aide aux sans-abri – du moins ceux qui sont français. Ou plutôt blancs, car on n'imagine pas que les jeunes de l'Alvarium leur demandent leurs papiers. À l'Alvarium, on pratique sans états d'âme la préférence nationale.

Ils se sont d'abord installés dans un appartement mais leur voisinage trouble la tranquillité du quartier, des jeunes gens d'extrême gauche peinturlurent plusieurs fois l'immeuble et les voisins sont furieux. Ils déménagent et prennent un local de plain-pied dans une ruelle étroite du centre-ville, la rue du Cornet. Ils y ouvrent un bar, constitué en association, ce qui leur permet d'accepter qui ils veulent. Les lieux sont composés de deux pièces au rez-de-chaussée et d'un étage que nous n'avons pas pu visiter, où toutes les nuits un militant ou un sympathisant reste dormir, pour surveiller les antifas. Quand nous arrivons, on nous salue avec politesse, on nous donne du Monsieur et du Madame à chaque fin de phrase. Des jeunes militants plutôt bon chic bon genre jouent aux fléchettes juste à côté de nous et ça fait chtak, chtak, pendant toute la conversation. Sur les murs, il y a un crucifix et une affiche du GUD, avec son rat noir. Jean-Eudes présente l'association comme préoccupée par la malbouffe, parle tout de suite de leur potager solidaire – un terrain prêté par les parents d'un sympathisant, gros propriétaires fonciers. À l'entrée, dans une corbeille, des potirons couverts de terre ont été disposés. Ils font des maraudes une fois par semaine et s'indignent : dans le secteur de la gare, les migrants sont logés à l'hôtel, tandis que les SDF sont dans la rue. Un policier d'Angers nous parle, lui, des mineurs isolés toujours en plus grand nombre, responsables d'une montée de l'insécurité dans les rues d'Angers qui nourrit non pas les convictions – elles sont déjà solides – mais le discours de l'extrême droite locale.

L'Alvarium est aussi le centre de diffusion d'une idéologie. Ils organisent des lectures et des conférences, des soirées autour de personnalités de la droite nationaliste et identitaire. Soral leur a rendu visite à l'été 2019. Ils accordent des entretiens au journal *Présent*, proche de la Fraternité Saint-Pie-X. S'ils n'adhèrent pas officiellement au Bastion social, dont ils sont proches, c'est en raison de leur catholicisme – le Bastion est résolument athée.

Jean-Eudes, les mêmes cheveux roux que son frère, affichant l'aisance et la décontraction d'un jeune homme rompu à la joute verbale, est né dans le nord de la France, à Roubaix, mais a grandi essentiellement en Anjou, au gré des errances professionnelles de ses parents. Famille nombreuse – ils sont neuf enfants –, ils vivent longtemps sur le seul salaire de leur mère, institutrice dans une école catholique intégriste et militante FN, après que leur père a perdu son emploi – payant ainsi, selon son fils, le fait d'avoir été directeur de cabinet de Jean-Marie Le Pen. Jean-Eudes fait sa maternelle à Lille, quelques années à Paris dans le privé, le reste dans les écoles publiques d'Angers – la famille n'a plus les moyens du privé. Il est scout unitaire de France avant d'être viré à 12 ans car il a apporté une carabine au camp d'été. Il aime se décrire comme un franc-tireur, un rebelle. Enfant, il écoute l'*Histoire de France* de Jacques Bainville en cassettes – Jacques Bainville était monarchiste et militant d'Action française dans les années 1920. L'histoire l'intéresse déjà mais c'est en réaction à un prof d'histoire à gauche, presque par esprit de contradiction, pense-t-il, qu'il se passionne vraiment pour la matière. Pour répondre. Pour argumenter. À 14 ans, il découvre Maurras dans la bibliothèque familiale. Il préfère citer Brasillach que Desnos.

De son enfance à la campagne, dans un milieu aristocratique désargenté, il garde un amour pour le paysage de collines bleutées qui vallonnent les environs d'Angers, où la lumière est si belle. Il est la queue de comète d'une génération qui a vu le paysage français se défigurer et c'est quand il en parle qu'il est le plus convaincant. La prolifération des zones commerciales, les arbres centenaires qu'on abat pour y faire passer une nouvelle quatre-voies, les stations d'épuration qu'on installe en bas des maisons anciennes, les pavillons tous identiques. L'apparence hideuse d'une époque qui emporte avec elle une nature chantée par la littérature.

Son parcours universitaire se résume à dix-huit mois de droit à Angers, où il est responsable de la section locale du FNJ, qui rassemble entre 20 et 30 étudiants. Mais il n'est pas fait pour les études, dit-il en souriant. Il a fait partie du service d'ordre de la Manif pour tous et enchaîne les petits boulots : serveur, croque-mort, vélo-taxi, VRP dans la campagne voisine… Jean-Eudes raconte que son engagement politique, ses opinions, lui ont plusieurs fois coûté un contrat – comme à son père. Après la publication du nom de son frère dans la presse, il a même perdu son job dans l'entreprise d'un bourgeois filloniste qui, en privé, se montrait pourtant raciste, antisémite et xénophobe. Gannat méprise la bourgeoisie locale, frileuse, lâche et, surtout, hypocrite. Il parle de sa ville avec une lucidité cruelle. « Le racisme et l'islamophobie fleurissent dans les milieux bourgeois angevins, qu'on ne s'y trompe pas, même si le vote est massivement filloniste, même si l'attitude reste convenable, même si on ne court pas les rues en hurlant des appels au meurtre. » Son admiration va aux combattants d'hier, aux chouans, à ceux qui osent prendre les armes.

Le jeune homme s'est formé au gré de nombreux voyages. En 2013, il fait un séjour « humanitaire » en Syrie et convient sans émotion que le régime de Bachar el-Assad est bien une dictature. « Mais en face, que trouve-t-on ? C'est soit Bachar, soit les barbus. » En 2015, il passe six mois chez les chrétiens d'Orient. Il est en Ukraine au début de la guerre civile, il a vécu au Maroc, où il travaillait au Carré Casa, une branche du Carré Français, société dirigée par Jildaz Mahé O'Chinal, ancien du GUD et proche de Marine Le Pen. Il a aussi fait plusieurs séjours à Rome, à CasaPound, qu'il admire : « Une organisation radicale qui a réussi à avoir un immeuble, qui pratique l'humilité et la discipline. C'est vraiment révolutionnaire. » Juste avant le confinement, il était en Grèce, à Lesbos, où se trouvait l'un des plus grands camps de migrants du monde avant l'incendie de septembre 2020, pour apporter son soutien à la population locale face à « l'invasion ».

À l'en croire, la violence fait partie du folklore de l'extrême droite depuis trop longtemps. Il affirme que les Identitaires ont réussi à prendre le virage de l'antiviolence sans perdre en efficacité militante. Il prône le nationalisme, la force d'une droite radicale, l'amour de son peuple, couplés à un antilibéralisme et un anticapitalisme viscéraux, et teintés d'un catholicisme inspiré. Ici, dénonce-t-il, « les bourgeois pratiquent un catholicisme mondain ». On se retrouve à la messe pour s'y faire des relations, on choisit sa paroisse pour ceux qu'on y rencontrera davantage que pour son curé. Lui fréquente Notre-Dame des Victoires, une église qui était modérée jusqu'en 2005, située dans un quartier modeste. Mais on y célèbre chaque dimanche, depuis la mise en place d'un autel tournant, une messe en latin au cours de laquelle le prêtre tourne le dos aux fidèles, ainsi que l'impose la Tradition.

Pour Jean-Eudes Gannat, le problème principal, c'est l'immigration. Il croit possible de devenir français, mais voudrait que ce soit rare et difficile. Il est contre le droit du sol. La nationalité, pour lui, n'est pas une question de carte d'identité mais de cœur. Il faut un attachement au paysage, au terroir, à la langue, à la culture. Il est pour un arrêt total de l'immigration et envisage, sinon, la possibilité d'une guerre civile – une guerre qui serait ethnique. « Qui oserait nier que le substrat ethnique de la France a changé ces dernières années ? » demande-t-il.

Économiquement, il partage des convictions avec l'extrême gauche et il a salué l'embrasement des Gilets jaunes qui ne représentent, dit-il, que la partie émergée de l'iceberg. « Dans les campagnes, la misère est immense, la colère aussi. Le consumérisme et le capitalisme produisent des dégâts terribles. » À Roubaix, d'où il vient, le FN a fait 20 % aux élections de 1994, puis il a baissé alors même que ses idées se propageaient. Pourquoi ? « Parce que le petit blanc a disparu. »

Il cite Brassens, se considère comme non-aligné, affirme que l'Histoire est faite par la minorité et fustige l'hypocrisie de la « soi-disant » démocratie occidentale : « On ne t'envoie pas au goulag pour tes idées, mais on peut perdre son boulot, on peut être condamné, il n'y a pas de véritable liberté d'expression. Aujourd'hui, l'abbé Pierre qui était négationniste partirait en prison… »

Révolutionnaire, romantique, visiblement respecté par les très jeunes sympathisants qui discutent à mi-voix pendant que nous nous entretenons, cheville croisée sur son genou, tout du bourgeois bien mis et maître de soi, il chasse d'un mouvement de tête agacé les questions qui ne lui plaisent pas mais répond à toutes, tandis que dans un coin de la pièce, une petite caméra de surveillance filme les lieux. Quand nous repartons, les presque adolescents nous regardent nous éloigner dans la rue calme avec des « au revoir Monsieur, au revoir Madame » vaguement ironiques. Nous rentrons dans la nuit, par le boulevard du Maréchal-Foch, où des bars déversent leur clientèle nombreuse, bière à la main, sur les larges trottoirs, puis devant le Falstaff. La terrasse est pleine.

Il y aurait désormais, dans les services de renseignement d'Angers, un groupe spécialisé dans la surveillance des groupuscules de la ville, d'ultra-droite comme d'ultra-gauche. En août 2019, Jean-Eudes Gannat, admirateur de la chouannerie qui se dit fiché S, posait fièrement le jour de son mariage avec son épouse, fille de pieds-noirs en falbala mousseux, devant une grange taguée dans la nuit : À mort les fafs.

1er septembre 2020

Un commando pénètre sur le campus Carlone à Nice et s'en prend à des étudiants antifascistes, dont l'un, grièvement blessé, sera hospitalisé. Le jour même, l'agression est revendiquée sur la page Telegram de Ouest Casual qui sert à la communication des Zouaves de Paris. Le lendemain, un site antifasciste répond en publiant une photo des agresseurs présumés, dans le club de boxe de Lou Bastioun, la salle identitaire de Nice. Ouest Casual reprend l'info en invitant ses followers à aller troller « bien comme ils le méritent » le site de leurs opposants.

« De Gaulle, ce double traître. »

Logan Djian

Depuis Rome où il s'est réfugié, Logan Djian, 31 ans, continue de suivre (voire de téléguider) le mouvement de ses troupes – ex-gudards parisiens, membres du Bastion social lyonnais, et toute une pléiade de groupuscules qui naissent, se dissolvent, disparaissent et se refondent, au gré des amitiés et des ennuis judiciaires.

C'est une vieille connaissance qui nous a permis de rencontrer l'ancien leader du GUD. Notre relation est un ancien « rat noir » – c'est ainsi que s'appellent les gudards eux-mêmes – des années 1990, proche d'Axel Loustau (ami de Marine Le Pen et conseiller régional RN d'Île-de-France). Il impose le respect dans ce petit milieu et s'est porté garant de nous. Au GUD, les liens d'entraide et d'allégeance qui unissent l'ancienne et la nouvelle génération sont étroits. Les vétérans font jouer leurs appuis politiques pour ouvrir des portes aux plus jeunes. Ils les font travailler (dans des sociétés de sécurité ou de communication, parfois employées par le parti de Marine Le Pen), se portent caution, rendent des services… C'est la solidarité des gudards. Notre contact est intervenu à plusieurs reprises pour Logan Djian, qui lui est redevable, et ce dernier accepte donc de nous parler. Nous faisons connaissance en février 2019 à Rome, où il vit avec sa femme et leurs deux enfants, en terrasse d'un grand hôtel. Nous le reverrons une fois à Mulhouse où il est de passage pour affaires, un samedi soir. Il nous rejoindra sur un marché de Noël, sanglé dans une parka orange qui accentue sa carrure, gestuelle martiale et œil attentif sur la foule autour de nous. Au cours de la soirée, il partage sans difficulté ses convictions. « Quand je veux connaître le fond de la pensée de mon interlocuteur, nous disait Nicolas Lebourg, je lui demande ce qu'il pense de De Gaulle. C'est toujours intéressant. » On s'en souvient en écoutant parler Djian de Pétain et du Général.

Djian est ethno-différentialiste et opposé à la mondialisation. « Quand on va dans un restaurant japonais, c'est pas pour être servi par des Chinois », explique-t-il, alors qu'un serveur marocain nous apporte la choucroute royale. Il est pro-syrien, pro-Bachar el-Assad et pro-palestinien. À l'inverse, il est antisioniste, antisémite, profondément révisionniste. Adepte du chacun chez soi, il appelle de ses vœux la construction d'une grande Afrique qui n'enverrait pas tous ses migrants vers l'Europe. Il avoue ses hésitations face à un Zemmour dont il partage les analyses mais qui est « juif et beaucoup de gens, autour de moi, le détestent pour ça ». Il lit *Minute*, *Présent*, déteste *L'Incorrect* (le journal est partisan d'un libéralisme économique que Djian, issu des classes populaires, condamne pour en connaître les ravages). Il admire le courage de *Rivarol*. À la télé, il apprécie les analyses de Pascal Praud, et suit Russia Today en ligne. Il se veut radical sans nostalgie d'un passé révolu, moderne sans être global. Il se démarque notamment d'Yvan Benedetti, le leader de l'Œuvre française, qu'il trouve trop catholique.

Fiché S, il a fui la France, « harcelé par la justice et les agents de la DGSI en permanence sur mon cul ». Il rêve de l'abolition de la loi Gayssot, qui créa le délit de négationnisme. « On ne peut rien dire, en France. Et pas faire grand-chose non plus », déplore-t-il. Il attend son jugement dans une affaire de violences aggravées : octobre 2015, des extraits d'une vidéo, d'abord diffusés par Mediapart, commencent à circuler en ligne. Une source proche de l'extrême gauche parisienne affirme que la vidéo aurait transité par le téléphone d'un militant antifa avant d'être livrée à Mediapart – mais on est en peine de le vérifier. On y voit trois hommes, dont l'un particulièrement large d'épaules, dans lequel on reconnaît Djian sans hésitation, tabasser et humilier un quatrième, Édouard Klein. Ce jeune homme filiforme est connu pour avoir relancé le GUD à Assas en 2010. Le syndicat étudiant d'extrême droite, fondé en 1968 après la dissolution d'Occident, est en perte de vitesse depuis une bonne dizaine d'années quand Klein en prend la tête. Lui-même fils d'un ancien gudard, il rencontre un certain succès, médiatique en tout cas, mais sa légitimité reste contestée par les cogneurs de la droite ultra. Le bruit court qu'il n'est pas courageux physiquement – un problème dans ce courant où la virilité et la violence font office de complément à la doctrine. Dans un reportage d'Al Jazeera, *Generation Hate*, filmé entièrement en caméra cachée par un infiltré au cœur de La Citadelle – un bar associatif (comme l'Alvarium) ouvert seulement aux Français patriotes et créé par Aurélien Verhassel, un proche de Génération identitaire –, on entend des membres de la mouvance identitaire lilloise se moquer de sa tendance à s'exfiltrer en taxi quand ça tourne à la bagarre.

En 2013, Klein cède la place à Logan Djian, alors âgé de 24 ans, son opposé à tous égards. Celui-ci n'est pas étudiant, mais titulaire d'un BEP en électrotechnique. Loin de la bourgeoisie parisienne, il a grandi dans la cité des Pyramides à Évry et a vécu de plein fouet, dit-il, « les méfaits de l'immigration et la montée de l'islamisme ». Pour autant, il affirme qu'« il ne faut pas tomber dans le piège de l'islamophobie ». Il est bien davantage antisémite. « La faute revient aux politiques d'immigration mises en place par l'Europe, pas aux immigrés eux-mêmes. La France est perçue comme un Eldorado, donc ils viennent. » Il grandit lui-même dans une famille où l'on a ses racines en Italie. Sa mère vote Front national. Chez lui, on commente à la télévision la présence des « négros et des youpins ». Voilà pour la toile de fond. Djian vient quant à lui à la politique par le hooliganisme. Il intègre vers 15 ans les Ultras du Parc des Princes et réussit ensuite à en attirer certains vers l'ultra-droite. C'est ce qui fait sa valeur aux yeux des anciens : Djian est un meneur, qui ouvre la porte sur un vivier remuant mais pléthorique.

De 18 à 21 ans, il rejoint l'armée de terre, puis travaille, dans la sécurité notamment. En octobre 2013, il ouvre un bar qu'il baptise Le Crabe-Tambour, en l'honneur de Pierre Guillaume, un officier membre de l'OAS ayant participé au putsch d'Alger, dont c'était le surnom (sa vie a inspiré le livre et le film du même nom, de Pierre Schoendoerffer). Pour Djian, la colonisation a été un bienfait pour l'Algérie, un pays qui n'avait rien avant l'arrivée de la France. Le bar, qui sert de local au GUD, est situé 4 rue Auguste-Chabrières dans le 15e arrondissement. Afin d'obtenir le bail, il s'est présenté comme présidant une association faisant la promotion de produits du terroir. Mais le propriétaire ne s'en offusque pas. C'est un sympathisant. Le Crabe-Tambour est fréquenté par la jeunesse d'extrême droite parisienne, toutes chapelles confondues, et notamment par les Ultras du Parc des Princes. La licence 3 permet de servir des alcools à moins de 18° et Djian reçoit pour des soirées amicales autant que pour des conférences.

Le petit groupe, turbulent, est dans le viseur de la police. Logan croit savoir que les services de renseignement parisiens louent pendant deux ans un appartement au troisième étage du même immeuble, afin de mieux les avoir à l'œil. Il découvre aussi qu'il a installé son local, sans le savoir, juste en face d'un entrepôt appartenant à la direction centrale du Renseignement intérieur (DCRI)… et repère plusieurs fois des camionnettes banalisées à ses basques. « Je suis de votre côté, je vous comprends », lui glisse un policier qui le filoche sans se cacher. Djian y voit une grossière tentative pour le retourner. Il aime peut-être l'ordre, mais pas la police de la République.

Sa vie change en 2015, lorsque Mediapart publie donc les vidéos de l'agression d'Édouard Klein. On y voit ce dernier, éméché, incapable de se défendre, tabassé, insulté, moqué, humilié, déshabillé et sévèrement passé à tabac, pour un motif qu'on devine difficilement – il aurait trop parlé, il serait une balance. La scène est filmée avec un téléphone portable par Loïk Le Priol, ancien militaire passé par l'école des mousses et créateur de la marque de t-shirts Babtou Solide Certifié, dont on repère le stand sur le lieu de nombreuses manifestations apolitiques que l'extrême droite fréquente – depuis les salons de tatouage jusqu'à des reconstitutions de joutes médiévales. Sur les images, Logan mène l'assaut, assène des claques violentes, force le jeune homme à se déshabiller, l'insulte et le terrorise une fois qu'il est nu, à genoux, le visage ensanglanté. On entend les hurlements de Le Priol : « Porte tes couilles ! T'es français, merde ! » tandis que la victime supplie. Après la plainte de Klein et la remise des vidéos à la justice par Mediapart, Logan Djian est mis en examen pour violences aggravées et placé en détention provisoire. Selon lui, tout cela a été très surévalué. Il soutient que ce n'était pas si grave que cela.

Il est libéré après quelques semaines, en novembre 2015, contre le versement d'une caution de 25 000 euros… qui va lui causer une cascade d'ennuis. Le 13 mars 2016, le parquet de Nanterre ouvre une enquête préliminaire pour abus de biens sociaux, blanchiment de capitaux et travail dissimulé, visant deux sociétés, dont l'une est gérée par Axel Loustau. Le prêt qui a servi à payer la caution de Djian a été contracté le 5 novembre 2015 par sa compagne auprès d'Olympe Communication, une entreprise qui sert de « véhicule de paiement » pour les personnes participant à la campagne pour les régionales du Front national. Elle était gérée de fait par Djian. En sortant de détention, le 13 novembre 2015, il récupère le prêt à son nom, avec un remboursement prévu pour fin 2019, mais la société est mise en liquidation judiciaire l'année suivante sans que les 25 000 euros aient été remboursés... La justice soupçonne qu'il n'a jamais eu l'intention de le faire et assimile cela à de l'abus de bien social, les fonds d'une société ne pouvant être utilisés à des fins personnelles. En 2019, Djian est condamné pour cela à six mois de prison avec sursis et 3 000 euros d'amende.

En novembre 2015, le chef du GUD est libre mais sous contrôle judiciaire, avec une interdiction de séjour en Île-de-France. Il part s'installer à Dijon puis à Lyon, où il décide, avec quelques amis militants, de s'implanter. Dans les ruelles du vieux Lyon, ils ouvrent un bar, un salon de tatouage (détenu par Logan, Point d'Encrage est situé au 10 rue Lainerie) et un magasin de vêtements, rue Juiverie, ce qui les fait beaucoup rire. L'établissement, Made in England, est géré par Steven Bissuel, qui présidera avec Djian à la création du Bastion social sur le modèle de la CasaPound italienne, cette association néofasciste dont Djian parle comme des « amis ». Bissuel prend la première présidence du Bastion, dont le but est d'unifier l'extrême droite groupusculaire. Jusqu'en avril 2020, date de sa dissolution par le gouvernement Philippe, le Bastion social est l'un des mouvements les plus actifs de la mouvance ultra. Le Bastion a une logique d'implantation locale et d'occupation du terrain, par l'ouverture de bars et de petits commerces. « Quand on ouvre un local, on regarde si on peut en reprendre un autre dans la même rue, ou dans le quartier, explique Logan Djian. L'idée est de se réapproprier les lieux. »

Bissuel doit quant à lui rapidement céder sa place, une nouvelle équipe dirigeante s'installe à Strasbourg. C'est désormais Valentin Linder, ancien hooligan, qui donne les ordres. D'autres locaux ouvrent à Chambéry, Aix. Un premier camp d'été est organisé dans l'Yonne en 2018.

Entre-temps, les ennuis de Djian continuent. Le 5 juillet 2016, il est condamné par le tribunal correctionnel de Paris à un an de prison ferme pour violences aggravées, après l'agression d'un photoreporter lors d'une manifestation contre le mariage pour tous, trois ans auparavant.

Tous les photographes et journalistes habitués à couvrir les manifestations datent de cette période la montée nette des violences verbales et physiques à leur égard. Photographier les mouvements sociaux n'a jamais été un métier facile, mais depuis 2012, c'est devenu dangereux. Ce jour de 2013, l'objectif du photoreporter est plutôt braqué du côté des CRS quand un jeune, capuche remontée sur la tête, l'attaque par-derrière d'un violent coup de pied. L'empoignade est confuse mais extrêmement brutale. Le photoreporter, jeté à terre, est roué de coups de pied en plein visage. Un des agresseurs, qui sera identifié comme Djian, le frappe avec une barre de fer. Cela ne dure que quelques secondes avant que d'autres photographes et un manifestant ne parviennent à repousser les agresseurs, qui prennent la fuite. La victime, transportée aux urgences, a trois fractures au visage, dont une du plancher de l'orbite. Au terme d'une enquête de l'unité chargée de la surveillance des groupuscules, deux des quatre agresseurs sont identifiés, malgré leurs casques de moto. Tous deux sont membres du GUD.

Sa condamnation étant prononcée sans mandat de dépôt, Djian peut continuer sa vie lyonnaise. Comme la peine n'excède pas un an, il croit qu'il lui sera possible de l'aménager. Il vit alors dans le 5e arrondissement, tout près de chez Gérard Collomb, maire de la ville. En mai 2017, Collomb devient ministre de l'Intérieur et les services de renseignement font une enquête de sécurité approfondie sur son voisinage. Dans une aberration administrative bien connue des justiciables, Djian a été placé sur le fichier des personnes recherchées alors même qu'il n'a jamais été convoqué pour son incarcération. Les services chargés de la sécurité du ministre, qui passent au crible les alentours, découvrent cet encombrant voisin, fiché S et recherché… Il est convoqué par la police et incarcéré dans la foulée, le 1er décembre 2017, à la maison d'arrêt de Lyon-Corbas. Il part sans pouvoir dire au revoir à son fils.

Une cagnotte Leetchi est mise en place pour l'aider. Elle est relayée sur différents sites, notamment celui d'Action française lycéenne. On y met en avant les difficultés rencontrées par sa femme, restée seule avec leur fils – l'enfant doit son nom à la bataille de Camerone qui opposa, en 1863, 62 hommes de la Légion étrangère à plus de 2 000 soldats mexicains. La Légion, aujourd'hui encore, commémore cet événement chaque année.

En janvier, alors que Logan est détenu depuis deux mois, il est jugé pour des violences commises lors d'une manifestation de catholiques opposés au mariage pour tous, en 2012. Il ne comparaît pas à l'audience au cours de laquelle il est condamné à deux mois pour avoir brutalisé neuf Femen, ainsi qu'une photographe et l'essayiste Caroline Fourest. Logan s'en amuse, disant qu'il l'avait prise pour un homme, avec ses cheveux courts.

En prison, la vie n'est pas rose pour les néonazis – et Logan Djian aurait du mal à renier ses idées, son corps étant tatoué du slogan de ralliement franquiste : « Viva la muerte » et de l'emblème de la division Charlemagne de la Waffen SS, une compagnie de jeunes Français engagés sous le drapeau nazi pour aller combattre l'armée russe, dont les douze survivants ont été fusillés par la France après s'être rendus. Djian croit savoir qu'il existe une stèle, quelque part en Allemagne.

Il refuse pourtant l'isolement en cellule que lui propose l'administration pénitentiaire, pour sa protection, car il ne pourrait plus avoir de visite. Or Djian veut voir sa femme et son fils. Les premiers mois de détention se passent bien. Il partage la cellule d'un Antillais avec qui l'entente n'est pas mauvaise – chacun s'occupe de ses affaires. Il rencontre un proche de Merah, des terroristes pakistanais. Le temps passe.

Le 3 février, paraît un article du *Progrès*, qui est distribué en cellule, où l'affaire du voisin fiché S de Gérard Collomb est révélée. Son nom sort, ainsi que le nom de la prison. On le reconnaît. Les insultes se mettent à fuser depuis les bâtiments voisins. Djian, à qui il reste sept mois de détention, demande un aménagement de peine qui lui est refusé. Le motif invoqué, dit-il, est l'adhésion à une opinion d'extrême droite – ce qui n'est pas un délit. Cela lui permet de se considérer comme un prisonnier politique, victime de persécution. Il continue de sortir en promenade, mais les insultes s'intensifient, on le traite de brûleur de mosquée, on le menace. Lorsque les gardiens trouvent des couteaux dans un couloir, cachés là pour l'agresser, l'isolement lui est imposé. C'en est fini des visites.

Sa nouvelle cellule est au-dessus du mitard. Il peut communiquer par la fenêtre avec ceux qui y sont enfermés. Ils font le yoyo avec leurs draps et remontent messages ou objets dans de petites bouteilles de javel. C'est là qu'il terminera sa peine. Son père meurt en Italie deux jours après sa libération, Djian n'arrive pas à temps pour le revoir.

À sa sortie, il rejoint la colonie d'extrême droite française qui s'est installée dans la capitale italienne. On compte aujourd'hui à Rome une dizaine de figures de l'extrême droite, dont les ex-gudards Frédéric Chatillon et Jildaz Mahé O'Chinal. Frédéric Chatillon, proche de Marine Le Pen, a migré dans la capitale italienne avec son épouse Sighild Blanc à la suite de ses démêlés judiciaires, liés à l'affaire des kits de campagne des législatives de 2012. Des tracts, affiches et sites internet avaient été imposés par le FN à 525 candidats et fournis par Riwal, la société de communication de Chatillon, au prix de 16 650 euros. La justice soupçonne un financement illicite de campagne, notamment à travers Jeanne, le micro-parti de Marine Le Pen. Jugé en novembre 2019, Frédéric Chatillon a été condamné en juin 2020 à deux ans et demi de prison dont dix mois ferme et à 250 000 euros d'amende pour plusieurs escroqueries ainsi que pour une longue série d'abus de biens sociaux au préjudice de son entreprise, estimée à 500 000 euros par le tribunal. Sa compagne Sighild Blanc a été condamnée à une amende de 100 000 euros. L'affaire sera rejugée en appel.

À Rome, Chatillon a ouvert une antenne de Riwal et son ami Jildaz Mahé O'Chinal le groupe Carré Français, un restaurant gastronomique situé en plein centre de la ville – Jean-Eudes Gannat travaillait pour sa branche marocaine, à Casablanca. Jildaz Mahé et Chatillon sont très proches de Sébastien de Boëldieu, le porte-parole français de CasaPound, et du président de ce mouvement, Gianluca Iannone. Logan Djian est sous leur « protection ».

Pour toute l'extrême droite française, CasaPound est le modèle à suivre. Ce parti néofasciste italien est né à Rome en 2003 avec l'occupation d'un haut immeuble au crépi beige dans le rione de l'Esquilino, le quartier de la gare Termini. Le squat, dont l'existence a été officialisée par la mairie au cours d'une opération très critiquée, sert à la fois de centre social (une vingtaine de familles y sont hébergées) et de local au mouvement. En 2008, CasaPound devient une association d'utilité sociale, selon la définition italienne, et s'illustre en se portant au secours des victimes du tremblement de terre de l'Aquilina. CasaPound Italia (CPI), désormais son nom officiel, revendique 4 000 militants et occupe une dizaine d'autres bâtiments dans toute l'Italie. Reprenant une vieille tradition de l'extrême gauche italienne, les squats deviennent des lieux de manifestations politiques et culturelles et le siège d'associations gravitant autour de CPI. Jusqu'à former l'embryon d'une « fachosphère ». Anticapitaliste et anticommuniste, elle défend une idéologie sociale et fasciste, et a porté politiquement des lois favorables aux mères qui travaillent ou destinées à faciliter l'accès à la propriété pour les plus démunis à travers la création d'un prêt social à but non lucratif. Elle est antisioniste, anti-américaine, pro-Bachar et pro-chiite. Très active à l'égard de la jeunesse, elle entraîne dans son sillage des groupes de musique et des artistes. Toute son histoire est émaillée de violence, qu'elle les commette – Gianluca Iannone, son fondateur, a été condamné en première instance à quatre ans de prison pour agression sur un carabinier en civil – ou les subisse – un de ses militants a été poignardé par un opposant, à Naples. CPI a développé des liens forts avec les mouvements identitaires européens, comme Aube dorée en Grèce, et les Identitaires en France, qui se revendiquent d'elle. Son siège abrite des dortoirs à destination des militants étrangers, qui y sont toujours les bienvenus.

Nous devions visiter CasaPound mais la direction du squat, en conflit ouvert avec la presse à ce moment-là, nous a finalement fermé la porte. La veille de notre arrivée, la justice avait ouvert une enquête après des incidents dans la banlieue de Rome. Près de 200 habitants et militants néofascistes avaient brûlé des poubelles et crié des slogans racistes pour protester contre l'arrivée de familles roms dans un centre d'accueil. Une vidéo, devenue virale dans les médias, montre un adolescent du quartier leur tenir tête courageusement.

En France, avec le départ de Djian, le Bastion a perdu un leader charismatique. Mais « on me consulte », reconnaît-il. Il bout de ne pas pouvoir participer aux manifestations des Gilets jaunes, dont il se sent proche. Il pressent dès le début du mouvement que l'ultra-gauche est en train de rallier les Gilets jaunes à sa cause alors que, selon lui, leurs revendications sont naturellement proches de celles de l'extrême droite. « L'ultra-gauche n'existe qu'en réaction à l'ultra-droite », assène-t-il. À Paris, les anciens militants du GUD ont rejoint Action française, les Identitaires, ou continuent de faire parler d'eux sous le nom de Zouaves. Six membres du Bastion social et des Zouaves ont d'ailleurs été condamnés pour des violences commises lors de l'acte III. L'un d'entre eux est connu pour avoir porté plainte contre l'antifa Antonin Bernanos après un affrontement entre bandes d'extrême droite et antifascistes, le 16 avril 2019, près de Notre-Dame. Au printemps 2020, au début du déconfinement, ces mêmes Zouaves attaquent un bar parisien considéré comme le repère des antifas, rue des Panoyaux, dans le 20ᵉ, d'abord avec succès, avant d'être repoussés par des jeunes venus en renfort d'un quartier voisin, la Banane.

Si dans la capitale, la violence de rue se joue de nouveau surtout entre fas et antifas, comme dans les années 1980, partout ailleurs, les agressions physiques à connotation raciale continuent d'augmenter et les idées d'extrême droite d'infuser une société de plus en plus fragilisée.

28 juin 2008

Deux gamins âgés d'une vingtaine d'années font feu au pistolet-mitrailleur sur un groupe de jeunes, dans une cité de l'Essonne. 35 balles tirées, pas de blessés, un miracle. Mais une enquête. On apprend qu'un groupe de néonazis, Nomad 88, qui ambitionne de créer une armée, s'est équipé au fil des années, au point de posséder un véritable arsenal : des fusils, des lunettes de visée haute précision, des milliers de cartouches, des grenades. Les cibles sont diffuses, tantôt les synagogues, parfois les kebabs ou les mosquées. Les peines de prison tombent, deux ans après, légères : entre deux mois de prison avec sursis et deux ans et demi de prison ferme. Dissuasif ?

Dix ans plus tard, en juin 2020, Thomas, un des leaders du groupe dissous, surgit dans son jardin, en slip, mais pas vraiment nu, un gilet pare-balles au torse, une magnifique Winchester SXP à la main. Connaisseur. L'homme balaie les recoins de sa maison avec sa lampe tactique, jusqu'à attirer l'attention des forces de l'ordre qui l'interpellent. Aucune littérature d'ultra-droite n'est retrouvée chez lui. Thomas est devenu un Gilet jaune convaincu et participe aux manifestations en tant que street medic. Rangé, l'ancien néonazi ? « Bon, attention, il a quand même une petite tendance à la paranoïa, explique une source policière au *Parisien*, qui révèle l'histoire. C'est devenu un adepte de la survie. On a même trouvé chez lui une combinaison de protection contre le risque nucléaire. » Thomas, frappé d'une interdiction de posséder des armes, est persuadé d'avoir entendu un tir de mortier et pensait sa famille attaquée.

« Brigitte Bardot et la charia
Ça ne s'accordera pas
Foutez l'camp »
Extrait d'une chanson des Brigandes

Fondu en ouverture, une image apparaît : trois jeunes femmes, habillées comme pour la messe mais avec un loup noir sur le visage, marchent d'un bon pas sur un sentier de campagne inondé de lumière. L'une porte une trompette, l'autre un tambour. La vidéo est de mauvaise qualité. Les voix sont jeunes et agréables. Elles chantent : « Si vous n'aimez pas la France, ça n'a pas d'importance, foutez l'camp. » Ce sont les Brigandes, un groupe de chanson française adoubé par Jean-Marie Le Pen, entre la folk et la variet', qui s'est fait connaître sur internet par ses paroles nationalistes. Mais c'est aussi une communauté de familles groupée autour d'un homme, Joël Labruyère, ou encore un groupuscule d'extrême droite, selon la commission d'enquête sur la lutte contre les groupuscules d'extrême droite en France de l'Assemblée – et même une secte, pour la Miviludes, la Mission interministérielle de vigilance et de lutte contre les dérives sectaires.

Les Brigandes ont d'abord dit non. Nous les avions contactées par email. « Nous faisons un livre sur les mouvements identitaires et les idées qu'ils infusent dans le débat public. Vous avez été auditionnées à l'Assemblée nationale par la commission d'enquête sur les groupuscules d'extrême droite et nous aimerions en discuter avec vous. » L'approche était mauvaise. « Comme tout ce qui se raconte sur nous dans le mainstream est du copier-coller, quoi dire de plus ? » ont-elles répondu, nous renvoyant vers un article du site web Agora Vox. « Un papier assez objectif sur notre problème avec le système et les staliniens du parlement. » Nous sommes revenus à la charge. « Justement, nous ne voulons pas faire du copier-coller et reprendre des informations déjà publiées. Nous aimerions vous rencontrer, venir vous voir sur place, et échanger avec vous. » Toujours pas le bon angle, apparemment : « Vous êtes mignons, mais vous vous doutez bien que nous sommes vaccinées contre d'aussi sympathiques approches, ayant vu défiler des dizaines de vos collègues (nationaux et régionaux) qui nous ont tenu le même discours afin d'authentifier leurs propos négatifs (et même dégueulasses) grâce à la preuve effective d'un dialogue déontologique en face à face. On a trop entendu la rengaine du “on veut montrer objectivement qui vous êtes...” Quant à la formule “les idées qui infusent dans le débat public”, c'est nous prendre pour des gogols. Alors, identitaires ? Oui de la chanson française. Mais des chansons il n'est jamais question dans les médias. Alors... Pourquoi n'essayez-vous pas d'aller demander à nos admirateurs comme Brigitte Bardot, Alain Delon et d'autres ce qu'ils pensent de nous. Votre bouquin gagnerait en hauteur et profondeur. Avez-vous leurs coordonnées ? Bon courage. » Piqués au vif, nous avons sorti l'artillerie lourde, les accusant de se conduire comme leurs détracteurs. Nous leur avons adressé en pièce jointe la liste de nos ouvrages et quelques reportages prouvant notre objectivité. Elles ont cédé.

Le rendez-vous a lieu à Paris, trois semaines plus tard, un dimanche matin. Nous nous retrouvons au Franc-Tireur, un café parisien à la devanture rouge qui fait l'angle, en face de l'église Saint-Ferdinand des Ternes, dans le 17e arrondissement. Nous y attendent Antoine Duvivier, Belge de 25 ans, secrétaire et porte-parole, et Irène Seignez, 29 ans, présidente de l'association des Brigandes, et l'une des trois musiciennes du groupe – elle joue de la clarinette.

Antoine Duvivier est un grand échalas au maintien un peu raide, ses lunettes lui donnent l'air d'un premier de la classe, ce qu'il n'est pas. Le jeune homme est sorti très jeune du système scolaire, qui n'était « pas fait pour lui ». Il a grandi dans le plat pays avant d'être séduit par les idées du « philosophe et écrivain » Joël Labruyère, un ami de son père.

Labruyère, auteur-compositeur un temps proche de la Scientologie, a fondé en 1996 une première association, Omnium des Libertés, pour défendre les « individus victimes de discrimination en raison de leurs choix spirituels », puis Les Royaumes elfiques, rebaptisée par la suite

Nation libre, avant de créer sa dernière communauté, dont les Brigandes ne forment qu'une partie. En 2000, il est à l'origine, aux côtés de la Scientologie, d'une commission d'enquête destinée à recueillir les doléances de victimes des « antisectes ». Il publie plusieurs ouvrages favorables aux mouvements sectaires, dont *L'État inquisiteur : la spiritualité en danger*, ou *La sectophobie : témoignage de la chasse aux sorcières en France à l'aube du XXIe siècle*. « C'est un grand homme, un type génial et créatif », s'enthousiasme Duvivier. Le septuagénaire, auteur de chansons, serait hébraïsant, aurait étudié la Kabbale et les écrits sacrés anciens de l'Inde jusqu'à la Grèce. Il aurait également remis en question la thèse du sacrifice collectif de la secte de l'Ordre du temple solaire (OTS), en étayant l'hypothèse d'une intervention extérieure. Les corps de 16 adeptes de l'OTS avaient été retrouvés carbonisés dans le Vercors, en décembre 1995. L'enquête avait conclu à un sacrifice collectif destiné à réaliser un transit sur la planète Sirius depuis le massif isérois. Un architecte suisse et un policier français, membres de la secte apocalyptique, avaient exécuté les 14 autres – dont 3 enfants – avant de se donner eux-mêmes la mort. En 2001, un procès avait lieu avec un seul prévenu : le célèbre chef d'orchestre franco-suisse, Michel Tabachnik, commanditaire présumé de ce suicide collectif. Mais l'homme, qui a toujours nié son implication dans l'OTS, était relaxé au bénéfice du doute.

Irène Seignez, une jolie femme aux cheveux châtains en chignon et aux yeux noisette, qui a répondu avec un certain aplomb aux questions de l'Assemblée, est mère d'un enfant de 4 ans qu'elle scolarise à domicile. Elle a étudié la peinture à Bâle, en Suisse, et est issue d'un « milieu écolo-gauchiste ». Ses parents sont agriculteurs sur le plateau de Millevaches, dans le Limousin. Elle a lu les livres de Labruyère et a voulu rejoindre sa communauté, pour mener une vie différente, en accord avec ses convictions et ses pratiques artistiques : elle joue de la clarinette, de la harpe, de l'accordéon, est chanteuse et costumière, un métier qu'elle a appris sur le tas.

Pourquoi ce rendez-vous en face de l'église Saint-Ferdinand ? Sortent-ils de la messe ou y vont-ils ensuite ? La question les fait rire. Pas du tout. « Les catholiques nous attaquent autant que l'ultra-gauche », affirme d'ailleurs Antoine. Ils sont non pratiquants, voire agnostiques, et s'intéressent bien davantage à la culture celte ou aux rites païens qu'au christianisme. Ils se situent, selon une de leurs publications, « dans la grande Tradition indo-européenne qui s'est manifestée à travers différentes écoles philosophiques, mystiques et religieuses ».

Antoine et Irène sont de passage à Paris pour un salon du livre. Ils en ont profité pour rendre visite, la veille, à Jean-Marie Le Pen, « un grand homme ». « Il a un côté révolutionnaire, guerrier, selon Antoine. Il vient du peuple : il a été mineur de fond, chalutier. Il est brut de décoffrage. » La visite a duré plus de quatre heures. Jean-Marie Le Pen soutient les Brigandes depuis leurs débuts, il adore leurs chansons. Les finance-t-il ? « Non, pas directement. » Mais quand le groupe vient jouer à la fête Bleu, blanc, rouge ou pour son anniversaire, il est payé.

Les Brigandes se revendiquent de la tradition des chansonniers, ou des troubadours, se voient comme des amuseurs, des poils à gratter. « Nous sommes là pour dénoncer certaines réalités mais de façon satirique. Notre contestation s'arrête où finit une chanson », explique Irène. On les interroge sur la virulence des paroles : « À qui on donne sans rien attendre, un jour vient où il ne peut rendre, que de l'hostilité », couplet supposé résumer l'histoire de l'immigration maghrébine en France. Les deux jeunes gens argumentent : « Nos textes sont relus par des juristes et inattaquables », affirme Antoine. « Labruyère a une plume caustique, qui ne tombe pas sous le coup de la loi », renchérit Irène. « Ce qui énerve les gens c'est que ce soit des filles qui l'expriment, et sur le ton de la parodie », précise-t-elle. « Foutez le camp » s'adresse, selon eux, uniquement à ceux qui n'aiment pas la France. « Sur certaines vidéos, on vous voit faire des saluts nazis. » Pas du tout, s'indignent-ils. « Le morceau s'appelle "Le geste" et fait référence au salut solaire, qui existe depuis l'Antiquité. C'est un salut qui était pratiqué dans les rites mithraïstes. C'est un signe à la gloire des dieux. C'est un hommage aux traditions antiques. Cela n'a rien à voir avec le nazisme. » Ils considèrent réducteur de prétendre que leurs chansons se limitent à des sujets politiques, et s'indignent de leur convocation devant la commission d'enquête parlementaire : « Être convoqué pour se justifier de propos de chansons, c'est une dérive liberticide. »

Le groupe de musique a été créé en 2015 par Labruyère et a sorti neuf albums, environ un tous les six mois, ce qui fait 120 chansons au total, et 80 clips. « Tout est fait maison, s'amuse Irène. La vie en communauté facilite notre travail. » La musique permet le financement de leur projet de vie. « Le jour où cela ne sera plus possible, on trouvera un autre moyen », avertit la présidente. Il ont vendu entre 7 000 et 10 000 albums, mais les clips comptabilisaient des millions de vues jusqu'à la fermeture de leur chaîne par YouTube en mars 2019, « suite à des manquements graves ou répétés aux règles interdisant l'usage de contenu incitant à la haine ».

Les Brigandes et leur folk politique sont la partie visible d'une communauté plus large, un rassemblement de familles autour de leur chansonnier, leur gourou disent certains. Ils sont une trentaine de personnes (20 adultes entre 25 et 40 ans et une dizaine d'enfants), un clan soudé, installé à Salvetat, un village tassé sur une hauteur dans la montagne Noire, au cœur d'un parc naturel où des ruisseaux clairs dévalent les pentes sauvages. Le bourg compte 1 141 habitants et n'était connu jusque-là que par l'eau minérale qui porte son nom. Dans la communauté, le lundi, jour de la Lune, les femmes dînent ensemble. Le mardi, jour de Mars, ce sont les hommes. Certains portent des surnoms dits elfiques. Ils contestent le capitalisme, le mondialisme, l'immigration massive, mais ne voient pas pourquoi on les assimilerait à l'extrême droite. Ils revendiquent de vivre en dehors, ou en marge, du système. Irène se considère comme une anarchiste réactionnaire. « C'est très difficile de nous classer dans un courant, dit-elle. On est végétariens, on est contre l'abattage, contre la société de consommation, contre la technologie. » Antoine exhibe un tout petit téléphone portable non tactile en guise de preuve. Ils comprennent les Gilets jaunes, mais ne les suivent pas. Ils défendent un ordre naturel dans lequel le rôle de la femme serait de s'occuper des enfants. « La femme est portée naturellement vers certaines tâches : s'occuper des enfants, de la cuisine, l'homme ne peut pas se transformer en mère pour un enfant. » Dans leur communauté alternative, ils promeuvent l'entraide, partagent un lieu de création mis à leur disposition par un traducteur d'origine congolaise habitant Salvetat et, selon certains témoignages d'anciens membres, pratiquent des sortes de rituels païens.

Toutefois, ils ne veulent pas se couper du monde. « Nous faisons nos courses dans les commerces du village, nous les aidons à vivre », affirme Irène, qui croit entretenir d'excellentes relations avec ses voisins, avec la mairie et les gendarmes. Le maire actuel ne se présente pas aux prochaines élections mais une de ses proches devrait lui succéder. « Une femme bien » pour laquelle les Brigandes vont voter. Il y a certes quelques problèmes, reconnaissent-ils du bout des lèvres. Ils seraient victimes de tentatives d'intimidation de la part d'antifas qui s'en seraient pris à leur local avec des pieds-de-biche. Selon eux, le sous-préfet aurait contacté le propriétaire d'une maison pour le dissuader de la leur vendre. Les membres de la communauté auraient également dû retirer leurs enfants de l'école du village à cause d'un climat agressif entretenu par quelques parents. Aujourd'hui, ils sont tous scolarisés à domicile, comme la fille d'Irène.

Mais les choses sont peut-être moins simples. Une pétition contre leur groupe a recueilli plus de 14 000 signatures sur un site en ligne, change.org. Maître Sophie Mazas, présidente de la Ligue des droits de l'homme de l'Hérault, témoignait devant l'Assemblée nationale du climat tendu qui règne dans le village depuis leur arrivée. Elle pointe du doigt les liens étroits entre la mairie et la communauté et raconte que de nombreux habitants se seraient plaints d'avoir reçu par mail des menaces de mort à la suite de conflits de voisinage. Antoine et Irène le nient et balaient ces accusations, comme ils écartent aussi d'un revers de main les plaintes déposées à leur encontre par d'anciens membres, notamment pour « abus de faiblesse, travail dissimulé, menaces de mort et violence ». La Ligue des droits de l'homme, de son côté, a porté plus d'une dizaine de plaintes contre les Brigandes qui ont, toutes, été classées sans suite.

Les Brigandes sont soutenues par les Soldats d'Odin, un groupe de patrouille de rue finlandais créé en 2015 pour lutter contre l'arrivée de demandeurs d'asile, et qui compte quelques membres en France, dans l'Hérault. Ils font office de service d'ordre lors de leurs concerts.

Ces liens avec d'autres groupuscules ultras locaux sont pointés du doigt : les Brigandes étaient ainsi présentes au procès des Roudier père et fils, les animateurs de la Ligue du Midi, une structure familiale violente implantée aux confins du Gard et de l'Hérault, au château d'Isis, qui compte une centaine d'adhérents. Le père, Richard Roudier, toujours coiffé d'un béret, sa femme, et leurs deux fils Olivier et Martial, condamnés de multiples fois pour agression, y cultivent un mélange de toutes les valeurs de l'ultra-droite : pétainisme, nostalgie de l'Algérie française, proximité avec l'Œuvre française, et avec Unité radicale, groupuscule dissous à la suite de la tentative d'attentat commise par Maxime Brunerie contre le président de la République le 14 juillet 2002. La femme de Roudier, elle, est maurrassienne, proche d'Action française et elle a été candidate RN aux sénatoriales de 2014. Martial est renvoyé devant le tribunal correctionnel pour avoir fait partie du commando qui est intervenu dans l'amphithéâtre de la faculté de droit de Montpellier. Le procès doit se tenir prochainement. Quant à Olivier, il a été condamné pour avoir saccagé les locaux de l'association RAIH – Réseau aide information Hérault – qui venait en aide aux migrants. Il a fait appel.

Selon le préfet de l'Hérault de l'époque, Pierre Pouëssel, qui suit la situation de près, ces groupes véhiculeraient une idéologie xénophobe sur internet, mais n'occasionneraient pas de désordre public, leur dissolution ne serait donc pas justifiée. Il juge plus préoccupante l'activité des groupuscules d'extrême gauche de Montpellier.

Dans les hauts cantons de l'Hérault, les tragédies se jouent parfois à huis clos. Une ancienne compagne de Joël Labruyère, qui affirme avoir passé douze ans sous son emprise, est désormais le témoin central d'une enquête pour assassinat, ouverte en septembre 2019 en Belgique.

Elle raconte qu'une jeune mère de deux enfants, atteinte d'un cancer de l'utérus, aurait été incitée à refuser de se soigner. Après l'avoir installée dans une maison isolée et l'avoir poussée à un jeûne de quarante jours, ils l'auraient étouffée, pour abréger ses souffrances. La jeune femme se faisait appeler Suari, un prénom « elfique ». L'instruction est toujours en cours et il n'y a aucune inculpation à ce jour, selon le parquet fédéral belge.

« Il y a une seule plainte qui émane de l'ancienne épouse de Labruyère. Elle souffre de problèmes psychologiques et agit par rancœur. Ce sont des accusations mensongères », conclut Antoine, serein.

Irène et Antoine se disent libres. « Beaucoup sont venus et repartis car ce n'est pas facile de vivre ainsi, cela demande des sacrifices, un don de soi », confie Irène. Le groupe vient de sortir son dixième album : *La mort n'est utile à personne* dont le huitième morceau, « C'est écrit dans le journal », est spécialement dédié « aux chiens de garde de votre Système », « les ordures de journalistes formatés qui ont écrit ou écriront des saloperies sur les Brigandes ». Les paroles et la musique sont toujours de Joël Labruyère. Et les Brigandes entonnent, encore et encore, vêtues d'aubes blanches ou bras tendus, les couplets haineux de leurs voix claires.

28 octobre 2019

Claude Sinké, octogénaire, ancien candidat FN aux départementales de 2015, blesse deux fidèles de 78 et 74 ans devant la mosquée de Bayonne. Ils ont tenté de l'empêcher de mettre le feu au lieu de culte. Il prend la fuite mais est rapidement interpellé par la BAC à son domicile. Ancien militaire devenu professeur, sculpteur à ses heures, c'est un fervent admirateur d'Éric Zemmour. Très malade, Claude Sinké est mort en février 2020, avant son procès.

« I can't breathe »

Slogan du mouvement Black Lives Matter,
après la mort de George Floyd

Il a quelque chose d'un enfant méchant plein de malice, mais c'est leur roi à tous : Renaud Camus, 74 ans, l'inventeur de la formule du « grand remplacement » qui a tout emporté à l'ultra-droite et donné un second souffle à la pensée nationaliste. Il habite un gros château – « un tas de cailloux », nous a-t-il écrit en nous donnant les indications pour la route, « vous ne pouvez pas le manquer » – au sommet d'un hameau gersois d'une quarantaine d'âmes, Plieux, endormi, écrasé sous la canicule qui commence. La pierre blanche est éblouissante sous le soleil de midi, du raisin noir mûrit sous quelques tonnelles, nous nous garons en contrebas d'une petite muraille sans trouver d'ombre. Une voiture rouge vient se ranger près de nous. Trois jeunes en sortent, hésitants. Ils font un petit tour de la place, reviennent vers leur véhicule, nous abordent : est-ce qu'on sait si Renaud Camus fait visiter lui-même les lieux ? « Ça donnerait quand même une autre tournure à notre excursion. » Nous l'ignorons, nous leur recommandons de sonner et de se renseigner. Mais ils n'ont pas les 5 euros du ticket d'entrée. Ils se promettent de revenir. Nous montons un sentier étroit où les herbes folles poussent entre les pavés, jusqu'au pied du château. Renaud Camus a acheté cette bâtisse militaire datant du début du XIVe, un des seuls exemples de château gascon encore debout, avec ses deux pièces par étage, trapue, solide, où un propriétaire de la Renaissance a ouvert des dizaines de fenêtres à toutes les hauteurs, et dont la taille est ceinte, comme une jeune fille d'autrefois, ou comme une vieille dame fragile, d'une ceinture de fer à laquelle on peut donner, le soir, un tour d'écrou pour l'empêcher de s'affaisser. La lourde porte de bois est close. « Tirez la cloche en arrivant », avait-il précisé.

Renaud Camus nous attend dans une pièce carrelée entièrement tapissée de livres – « les livres me chassent. Chaque fois, il faut une demeure un peu plus grande pour tous les loger ». Au centre de la bibliothèque, nos yeux se posent par hasard sur une longue étagère de Dumas, et sur *Les Trois Mousquetaires* d'abord, dans une édition cartonnée blanche aux lettres chantournées d'un bleu profond. C'est par amour de la littérature qu'il a choisi la Gascogne. Son compagnon, professeur d'histoire dans un lycée des environs, nous propose un thé, un verre d'eau, apporte un plateau puis repart accueillir des visiteurs : la cloche vient de se faire entendre.

Renaud Camus est bien mis, veste et pantalon blanc, chemise claire, un foulard autour du cou. Le maintien raide, il a des meurtrissures de fatigue mauve aux coins des yeux. Il se relève d'une longue hospitalisation : le Covid l'a mis par terre, lui qui avait tant apprécié le début du confinement, il se remet à peine. Il y a quelques jours encore, il n'avait pas la force de grimper seul les escaliers. Courtois, souriant, un peu pédant, il attend d'abord les questions avec une méfiance résignée – quand il a accepté de nous recevoir, il a écrit « c'est un geste masochiste auquel j'ai toujours trouvé une belle saveur bathmologique » – puis il se lance, s'écoute parler, s'amuse lui-même.

Il a tant raconté la genèse du concept de grand remplacement, dont il est l'inventeur – « Ce n'est pas un concept. C'est une réalité, à laquelle j'ai donné ce nom. C'est une expression », précise-t-il –, qu'il s'ennuie lui-même en en parlant. Il faut le pousser un peu, nous autres journalistes posons toujours les mêmes questions, reproche-t-il.

Un jour, alors qu'il rédigeait, sur commande, un livre touristique sur la région de l'Hérault, il arrive dans un petit village médiéval de la côte languedocienne. Autour de la fontaine, dans les rues, partout, il ne voit que des femmes voilées, il entend parler arabe, il longe des devantures de kebabs. « Tout semblait avoir 600 ou 1 000 ans, et aux fenêtres gothiques géminées, apparaissaient des femmes tatouées. » Il ne s'en est jamais remis. Le politologue Jean-Yves Camus, grand connaisseur de la pensée d'extrême droite, résume cela en un « choc esthétique, d'une certaine façon ». Saisi, Renaud Camus se lance dans une croisade personnelle : la France est colonisée, les Français sont en train d'être remplacés.

Il l'écrit. Il le dit. Il le clame. S'obsède. Il donne des conférences, écrit des livres, des articles, des centaines de milliers de tweets, donne des interviews. Cette expression, grand remplacement, va avoir un succès tel que toute son œuvre, tous ses livres, ses journaux, tout ce qu'il a fait avant, va être balayé comme par un raz de marée identitaire. Renaud Camus s'est dissous dans le bain du grand remplacement. Quatre-vingt-dix livres pèseront désormais toujours moins que deux mots.

Sa théorie est reprise partout. Un journaliste américain, Thomas Chatterton Williams, vient l'interviewer pour le *New York Times*. Le papier donnera d'ailleurs lieu à une menace de plainte de la part de Renaud Camus. Pour prouver qu'il ne considérait pas une race supérieure à une autre, il avait dit « La seule race que je déteste, c'est celle des gens qui claquent les portes » – il aime le silence. Dans le papier, on lit « La seule race que je déteste, c'est celle des gens qui toquent à la porte », et on imagine immédiatement celle, quelle qu'elle soit, de milliers d'exilés aux portes de l'Europe. Problème de traduction. Le magazine a reconnu l'erreur et amendé ce papier qui raconte comment l'expression a voyagé aux États-Unis, où les mots de Renaud Camus ont été récupérés par l'alt-right naissante. À l'été 2017, Richard Spencer, un des leaders du mouvement qui cite souvent Camus, organisait un défilé néonazi à Charlottesville, en Virginie. Flambeaux à la main, des milliers de crânes rasés défilaient au cri de « Vous ne nous remplacerez pas ». Une contre-manifestante était tuée. Lors des attentats de

Christchurch, en Nouvelle-Zélande, en mars 2019 – tuerie la plus meurtrière commise contre des musulmans dans un pays occidental –, le tueur Brenton Tarrant intitule son texte de revendication « The great replacement ». Sur Twitter, Camus rappelle platement qu'il condamne la violence et qu'il n'a rien à voir avec ce passage à l'acte.

Dans la France de la Manif pour tous et de la montée en puissance du mouvement identitaire, ces deux mots ont un écho considérable. Ils participent au succès de cette nouvelle mouvance par leur capacité à réveiller la vieille peur viscérale de l'invasion. C'est une formule publicitaire scintillante d'efficacité : l'ennemi est là. Et nous allons périr. Se soumettre, ou périr. Être remplacé. Annihilé.

Pas besoin de démontrer, il suffit de montrer. Même pas, d'ailleurs. Il suffit de dire. Quand on demande : « Est-ce que cela, ce grand remplacement, repose sur une réalité démographique ? », quand on veut savoir : quels sont les chiffres, les études, sur quoi vous fondez-vous ? Renaud Camus hausse les épaules. Nul besoin de chiffres, il suffirait de regarder. D'aller en banlieue, et de regarder. D'aller dans toutes ces villes du Sud-Ouest, et de regarder. D'aller à Marseille, et de regarder l'homme blanc disparaître. Hervé Le Bras, démographe et chercheur à l'Ined, a beau répondre : on peut regarder et analyser ce qu'on voit à l'échelle d'un village, pas d'un pays aussi grand et peuplé que la France, Renaud Camus s'en moque. Lui, il a cinglé deux mots que tout le monde comprend, et cela a suffi. Nous allons être remplacés.

C'est au « génocide par substitution » de notre peuple que nous assisterions. Plus, que nous consentirions.

« La colonisation de la France est un fait. Pour certains, c'est même un projet. Assumé par beaucoup de colonisateurs, tout comme le grand remplacement. Ainsi, le blogueur auteur de tweets antisémites Mehdi Meklat, fondateur du Bondy Blog, ne s'en cache pas. » Ce dernier, dans l'édito du premier numéro de *Téléramadan*, la revue annuelle « des musulmans qui ne veulent plus s'excuser d'exister », dont il est rédacteur en chef avec Badroudine Saïd Abdallah et Mouloud Achour, écrit : « Nous sommes le grand remplacement. Sûrement pas celui que les fous peuvent fantasmer (mais celui) d'un système archaïque qui ne nous a jamais considérés comme ses enfants. » Ce n'est pas exactement la même chose.

Éric Zemmour est le meilleur héraut de Renaud Camus, qui clame à longueur de meetings, comme à Perpignan en septembre 2019 où il est venu s'exprimer à l'invitation de Louis Aliot, que ce grand remplacement n'ira pas sans bain de sang. Renaud Camus le croit aussi. Il pense la guerre inéluctable. Et l'homme de plume septuagénaire qui, lorsqu'il n'écrit pas, peint quelques formats carrés figuratifs dans un vaste atelier à l'étage du dessous, affirme qu'il n'hésitera pas, et se battra. « Mais je ne suis pas d'accord avec le terme de guerre civile. Ce sera une guerre de décolonisation, très classique, sur le modèle des guerres coloniales. Elle me semble non seulement possible, mais même éminemment souhaitable. » Il poursuit : « Je voudrais que nous fissions ce qu'a fait l'Algérie quand elle a pris son indépendance. Elle a considéré, et le monde entier avec elle, que les 10 % de population qui n'avaient rien à voir avec sa culture, sa civilisation, sa religion et sa langue, n'avaient non plus rien à faire chez elle. Y compris les Juifs qui y vivaient pourtant depuis toujours. Et elle les a jetés dehors avec une brutalité inouïe, dont je ne conseille d'ailleurs nullement l'usage. Mais l'Algérie a procédé ainsi, massacres à l'appui, dont personne ne parle jamais. »

Pour Renaud Camus, l'immigration est une « colonisation démographique, beaucoup plus dangereuse que les colonisations militaires, économiques ou administratives. La France est cent fois plus colonisée qu'elle n'a été colonisatrice ». En août 2020, il tweete : « On mesure l'hébétude créée des indigènes à leur incapacité à prendre conscience de la colonisation dont ils sont les victimes. Ils relèvent quelques faits épars, les égorgements, la tonte d'une jeune fille occupante qui a fréquenté un indigène, mais jamais ils ne font l'addition. » (Il fait référence à un fait divers récent mettant en scène deux jeunes qui étaient tous les deux originaires de l'ex-Yougoslavie, donc d'après sa propre terminologie, tous deux des « colons ». Mais il a tendance à tweeter plus vite que son ombre.)

Il décrit les délinquants de cité comme les soldats d'une armée en marche – et a d'ailleurs été condamné pour provocation à la haine ou à la violence pour avoir gravement stigmatisé les musulmans. Selon ses mots, le comportement des jeunes de cité est nocif, nuisible, ou plutôt, *nocent* : « Cette nocence, c'est un instrument du grand remplacement. Cela passe par l'encombrement des halls d'immeuble, les arrachages de sac des vieilles dames, les attaques de banque, jusqu'aux massacres, au terrorisme. C'est l'instrument de la conquête et du nettoyage ethnique à l'œuvre dans notre pays. »

Renaud Camus défend aussi un concept que presque personne n'ose évoquer ouvertement même à l'ultra-droite, celui de la remigration. Il entend que « ceux qui n'ont rien à faire ici » retournent chez eux. On tente d'en savoir plus. Avoir la citoyenneté française, sera-ce une garantie contre la remigration ? Non, bien sûr que non, être français de papier ne compte pas. Selon lui, d'ailleurs, les jeunes de cité ne se considèrent pas comme français. Être français, c'est une adhésion à des valeurs. Mais c'est aussi une race. « Le divorce est inévitable. Et la remigration est le seul moyen d'éviter un bain de sang. » Qui pourrait rester dans la France de Camus ? demandons-nous. « Ceux qui le voudront, ceux qui voudront adopter ses valeurs. Cela se ferait par déclaration, et par comportement. »

Les velléités politiques de Renaud Camus sont anciennes et un peu brouillonnes. Il monte des partis, ou des listes, non pour gagner mais pour faire entendre ses idées. Il est d'abord un écrivain. Certains de ses lecteurs le croient même à gauche, il l'a été dans les années 1980. Ça remonte. Ses premiers livres racontent sans détour ses expériences sexuelles avec des hommes. Cela a choqué sa famille, un peu l'époque – *Tricks*, préfacé par Roland Barthes, paraît à la fin des années 1980 chez POL – et contribué à mal le faire comprendre du grand public. Car Renaud Camus n'est pas un militant de la cause gay. Il ne trouve pas, d'ailleurs, qu'il y ait une cause gay. Il y a une sexualité qui peut être joyeuse ou monotone, catastrophique ou plaisante. Et il récuse l'expression fierté gay. Pas de fierté. Un fait, tout simple ou, plutôt, raconté avec simplicité, en 47 tricks... À l'époque, il porte la moustache et a le regard malin.

En 2002, lors de l'élection présidentielle, aucun candidat ne trouve grâce à ses yeux. Il ne veut pas voter Jean-Marie Le Pen – l'antisémitisme, le mot sur le détail, sont pour lui des crimes impardonnables, mais il appellera lors des élections suivantes à voter Marine Le Pen, qui n'est pas frappée par l'interdit moral qui concernait son père – et ne se reconnaît dans aucun autre parti. Alors il a créé le sien, le parti de l'in-nocence (la césure est voulue). C'est son entrée en politique : « Nous nous intéressions à une chose selon moi essentielle. Le fait d'habiter ensemble la terre. Et donc à la question de la violence, la brutalité, l'agressivité, dans le voisinage, dans les moyens de transport ou dans la rue. » L'in-nocence. Ne pas déranger. Ne pas nuire. Et à partir de là, classer. Ce qui nuit. Ceux qui dérangent. Ça va très vite. Taille de la structure ? Il sourit. « Nous étions the smallest party ever. On a dû être 200 dans nos moments de plus grande prospérité. Mais en général, on était plutôt 30. » Renaud Camus s'intéresse à l'écologie, à sa façon : « Les écolos défendent la biodiversité partout, sauf la biodiversité de l'homme. Le métissage, l'immigration, la création d'une matière humaine indifférenciée, tout cela est destructeur. Toutes les différences, ethniques, culturelles, disparaissent. » Il est en lutte contre la démographie et l'accroissement effréné de la population humaine – toutes les populations –, c'est en cela seul qu'il se distingue des idées de l'extrême droite traditionnelle, beaucoup plus nataliste. Pour le reste, on est dans les clous : lutte contre l'immigration, contre le multiculturalisme, chacun chez soi et tout ira pour le mieux.

En 2017, il fonde avec Karim Ouchikh le Conseil national de la résistance européenne, CNRE, une organisation politique dont le nom et le lieu de création (la tombe du général de Gaulle à Colombey-les-Deux-Églises) font rappel du Conseil national de la résistance. C'est ainsi qu'ils se vivent : des résistants de l'ombre contre l'armée d'invasion de l'immigration, contre le grand remplacement, contre la disparition. Et ils présentent aux élections européennes de 2019 une liste, la Ligne Claire, qui rencontrera quelques déboires : « On devait rassembler 86 candidats, et présenter une liste paritaire, ce qui n'est pas si facile pour un tout petit parti. » Ils choisissent d'abord, comme tête de liste, Solveig Mineo, blogueuse féministe ultralaïque dont l'anticatholicisme va vite choquer les pratiquants, nombreux dans le parti. Elle est remplacée in extremis par Fiorina Lignier, une jeune femme éborgnée dans une manifestation Gilet jaune. Le choix ne s'avère à nouveau pas très heureux : une photo d'elle resurgit, agenouillée en prière devant une immense croix gammée qu'elle a dessinée sur le sable d'un rivage.

Renaud Camus la désavoue et finit par se désolidariser de sa propre liste. Fiorina Lignier, dans des tweets qu'il ne renierait pourtant pas, réclame pour « l'infâme Nick Conrad », un rappeur condamné pour les paroles de sa chanson « PLB » (Pendez les blancs), une « remigration immédiate ». Dans la foulée, il se fâche avec quelques membres du mouvement.

C'est un gif (une animation) – mais il l'ignorait, il pensait que ce n'était qu'un dessin, on se demande ce que ça change – représentant une fellation entre deux hommes noirs. Au-dessus, ces mots, *I can't breathe*. Il trouve ça drôle, cette référence au slogan des noirs américains contre les violences policières à la suite d'une énième mort, celle de George Floyd, un homme qui, le 25 mai 2020, a agonisé pendant neuf minutes sous le genou d'un policier, en répétant qu'il ne pouvait pas respirer. George Floyd est noir et il n'a rien fait, c'est un contrôle d'identité qui tourne mal. Le policier est blanc, il a sur le dos plusieurs affaires de violences et une de meurtre. La vidéo est insoutenable.

Le gif du pompier, comme l'appelle Renaud Camus, fait référence à la version française de la lutte contre les violences policières faites aux personnes racisées, et en particulier la famille Traoré. La semaine précédant notre rencontre, des informations sont sorties dans la presse concernant l'indemnisation d'un ancien codétenu d'Adama Traoré qui avait porté plainte pour des fellations imposées. L'affaire en justice s'est interrompue à la mort d'Adama Traoré. Mais la commission d'indemnisation des victimes d'infraction, réunie en décembre 2019, a rendu sa décision en mars 2020 : les faits d'agression sexuelle étant établis, le codétenu d'Adama Traoré recevra une allocation de 15 000 euros. Indemniser une victime ne vaut pas reconnaissance de culpabilité, en particulier pour les affaires de viol : on peut reconnaître la réalité des faits sans en retrouver l'auteur. Mais la fachosphère s'empare de l'information – un violeur fera un moins bon symbole de la lutte contre les violences policières.

Renaud Camus feint de s'étonner des réactions provoquées par son tweet. En réalité, il y en a peu, hormis dans son propre camp, au sein du CNRE. Frank Buhler, le Gilet jaune, ancien frontiste passé par Debout la France, le parti de Nicolas Dupont-Aignan, s'offusque de la grossièreté de la publication et demande à ce que Renaud Camus cède sa place de président du mouvement. Ce dernier lui répond via son journal, dont des extraits sont publiés en ligne chaque jour, et c'est la brouille.

Renaud Camus a ses lubies. Il défend la nuit. Le silence. Milite contre le bisou, qu'il exècre – il est membre de l'association anti-bisou. Ne pleurerait pas la disparition de la poignée de main, lui préférant un salut digne et raide, à la japonaise. Il travaille dix-huit heures par jour, se définit comme un graphomane, la liste de ses ouvrages est immense (une centaine), mais il a perdu tous ses éditeurs. À mesure que son nom gagnait en popularité à l'extrême droite, il perdait, dans son monde d'avant, en respectabilité. Il s'auto-édite désormais sur Amazon – utiliser les outils du diable pour mieux le combattre, dit-il, sensible à l'ironie. Il a perdu ses soutiens, des amis, de l'argent, beaucoup. « Mais ne doit-on pas tout sacrifier à ce qu'on croit ? » interroge-t-il.

La voix de son compagnon approche dans l'escalier. La cloche a sonné, il a introduit des visiteurs, des dames anglaises au brushing impeccable. Nous posons nos tasses de thé et nous nous levons, sortons par une porte comme ils entrent par l'autre, se penchant sur les vues magnifiques qu'offrent les fenêtres sur la plaine où souffle maintenant un vent brûlant. On voit jusqu'aux Pyrénées. Ils poussent des ho et des ha, tandis que nous tournons, comme dans une comédie de Marivaux, et passons dans la chambre à coucher, dans le salon, puis à nouveau dans le bureau. Renaud Camus poursuit, dans l'air maintenu presque frais par les murailles épaisses. Il est taraudé par l'idée du retour en Auvergne, sa région natale, non loin de Clermont-Ferrand. Ses paysages austères, la dureté des hivers glacials, après les étés gascons écrasés de soleil, l'appellent. Il a la nostalgie d'un pays perdu. Un pays intérieur. Car l'Auvergne de son enfance, elle n'existe plus, pas plus que n'existent ces enfants blonds, en tablier d'écolier, penchés sur leurs cahiers de devoirs, ni ces amoureux qui se promènent sous les hauts marronniers, qu'il nous cite en ouvrant un recueil de Bernanos, qui écrivait que la race est un « murmure profond ». Camus a perdu une France qu'il avait lue et rêvée, il enrage de ne plus la retrouver, et il la cherche, obstinément, toujours sous les couleurs de l'invective.

29 août 2020

Les portes du Reichstag n'ont pas lâché mais ce soir-là, c'est toute une digue qui a cédé. Deux à trois cents assaillants massés sur les marches du Parlement, certains exhibant le drapeau de l'ancien empire. Et il s'en sera fallu de peu pour que la « racaille d'extrême droite », comme la qualifiera bientôt le président de la République, Frank-Walter Steinmeier, ne pénètre dans le cœur de la démocratie allemande. Les images choquent le pays entier et font la une des médias. Jusqu'où va la liberté d'expression ? Le droit de se réunir et de manifester ? La diversité d'opinion ? Et surtout, quel crédit accorder à ces mouvements qui, comme partout, en Europe, essaiment ? Rarement ou jamais, notent les services de renseignement, l'ultra-droite n'avait réussi à rassembler autant toutes ses composantes. Mais la période est propice. Les anti-masques, anti-vaccins et conspirationnistes de tout poil parviennent désormais à fédérer les colères.

« Quand vous vous déciderez enfin à prendre les armes, je serai à vos côtés. »

Un usager sur un fil de discussion Facebook consacré à un fait divers, la mort d'une aide-soignante dans la banlieue lyonnaise, en juillet 2020

« Nous sommes au bord d'une guerre civile. » C'est un vent de panique qui, ce 21 juin 2016, souffle de Levallois, le siège de la direction générale de la Sécurité intérieure (DGSI). Ce jour-là, *Le Figaro* barre sa une d'un titre alarmiste : « Quand le patron de la DGSI évoque un risque de "guerre civile" ». Le quotidien de droite relate des propos que Patrick Calvar, alors patron du Renseignement intérieur français, aurait tenus à huis clos devant une commission d'enquête parlementaire sur les attentats islamistes du 13 novembre 2015. Quelques semaines plus tôt, devant la commission de la défense nationale et des forces armées, le directeur de la DGSI avait effectivement tenu des propos inquiétants, mais mesurés : « Les extrémismes montent partout et nous sommes, nous, services intérieurs, en train de déplacer des ressources pour nous intéresser à l'ultra-droite qui n'attend que la confrontation. Vous

vous rappelez que je tiens toujours un langage direct. Eh bien, cette confrontation, je pense qu'elle va avoir lieu. Encore un ou deux attentats et elle adviendra. Il nous appartient donc d'anticiper et de bloquer tous ces groupes qui voudraient, à un moment ou à un autre, déclencher des affrontements intercommunautaires. La tentation des populismes, la fermeture des frontières, l'incapacité de l'Europe à donner une réponse commune, l'incapacité à adopter une législation applicable en tous lieux, nous posent d'énormes problèmes. Et je note, de plus en plus, une tendance au repli sur soi. »

Mais en ce mois de juin 2016, Patrick Calvar jure ne jamais avoir utilisé l'expression « guerre civile ». Pas plus en public que devant la représentation nationale. L'affirmation est trop marquée. Trop dangereuse dans une France fracturée, susceptible de s'enflammer à la moindre étincelle. Les chercheuses Laurie Boussaguet et Florence Faucher l'ont parfaitement établi lors d'une étude menée entre 2015 et 2016 auprès des cabinets du président Hollande, du chef du gouvernement Manuel Valls, et de ses ministres régaliens. Leurs travaux, publiés dans la revue *Mots – Les langages du politique*, racontent la panique qui s'empare des conseillers de l'exécutif après la vague d'attentats qui endeuillent la France, les messages alarmistes que ceux-ci s'échangent, les sondages, analyses d'opinion et revues de presse toutes plus pessimistes les unes que les autres qui remontent au pouvoir. En janvier 2015, les informations au plus haut sommet de l'État évoquent ainsi de « possibles violences intercommunautaires susceptibles de dégénérer en guerre civile ». Une partie de la société française est en train de se retourner, insidieusement mais sûrement, contre la communauté musulmane. Le chercheur Nicolas Lebourg, spécialiste de l'extrême droite, rappelle que, selon un sondage de l'IFOP réalisé en 2016, 35 % des gens interrogés diront comprendre l'exercice de représailles contre la communauté musulmane après un attentat djihadiste. Le score est encore plus élevé chez les catégories socioprofessionnelles les plus favorisées.

Le 8 janvier 2015, un des conseillers écrit au président que « l'émotion initiale n'était pas encore retombée que des propos durs se sont multipliés », notamment la « stigmatisation de l'immigration ». Hollande s'active. Dès le lendemain, il insiste sur la différence entre la religion musulmane et l'idéologie qui guide les terroristes. En novembre 2015, la tension monte d'un cran, remarquent les chercheurs. Les conseillers parlent de « tendances sécessionnistes extrêmement fortes », de « tendances de dislocation », des « attentats vus comme un signe que l'on ne peut plus vivre ensemble ». Il y a un « risque de désagrégation du lien national et sociétal », soulignent-ils. Ils ajoutent : « Les représentations populistes se solidifient et se propagent. » François Hollande n'a guère que les discours pour répondre. Les mots « respect » et « concorde » se multiplient dans ses allocutions jusqu'à ce qu'il comprenne enfin que, pour tenir son peuple, les mots et les valeurs ne suffisent plus. C'est une guerre qu'il faut mener. Une guerre des symboles, mais une guerre quand même. Entre novembre 2015 et janvier 2016, « le patriotisme et l'appel aux armes ont remplacé la défense de la République dans l'imaginaire collectif », lit-on dans *Mots – Les langages du politique*. Le président a désormais la volonté d'en découdre. Il appelle à un rassemblement autour du drapeau et demande aux Français de pavoiser leurs fenêtres aux couleurs tricolores.

Dans ce contexte, la une du *Figaro* paraît de nature à attiser les tensions. Les propos de Patrick Calvar étaient d'ailleurs plus tempérés, bien qu'inquiétants : « Je pense que nous gagnerons contre le terrorisme. Je suis, en revanche, beaucoup plus inquiet de la radicalisation de la société et du mouvement de fond qui l'entraîne, avait-il dit. C'est ce qui m'inquiète quand je discute avec tous mes confrères européens : nous devrons, à un moment ou à un autre, dégager des ressources pour nous occuper d'autres groupes extrémistes parce que la confrontation est inéluctable (…) Vous aurez une confrontation entre l'ultra-droite et le monde musulman – pas les islamistes, mais bien le monde musulman. »

L'été 2016 est marqué par une nouvelle vague de morts – ce sont les attentats de Nice – liés à l'islamisme. Le pouvoir ne souhaite pas braquer les projecteurs sur une menace venue de l'ultra-droite, qui ne paraît pas la plus urgente. Les cabinets de François Hollande et de son exécutif n'en demeurent pas moins troublés. « Il n'y a plus du tout d'instinct ou d'appel à l'union nationale, à l'union sacrée, ou même aux principes ou aux valeurs républicaines », constate un conseiller, qui note une « sorte de colère rentrée très dure». «En janvier et en novembre, je sais à peu près comment répondre (…) On avait les outils pour répondre. Nice, il y avait une sorte de nihilisme, de décrédibilisation de tout, affirme un autre aux chercheuses Laurie Boussaguet et Florence Faucher. Tous les outils qui avaient été utilisés en novembre, toute la force de la verticalité, la puissance de l'État pour stabiliser le pays et éviter qu'il explose, tout ça s'était vraiment émoussé.»

La fausse citation de Calvar a fuité et circulé partout dans la presse, comme une traînée de poudre, provoquant une réaction particulièrement cinglante de la part de l'ultra-droite, une vraie démonstration de force. Le 23 août, le média identitaire breton Breizh-info, au lectorat très à droite, publie un article choc. «Exclusif. Patrick Calvar, directeur de la DGSI, en vacances pendant l'état d'urgence». Le site internet donne le lieu de vacances du patron du Renseignement intérieur, le village où sa famille possède une maison et des attaches. Ses propos sur l'ultra-droite sont moqués – «Les priorités de Patrick Calvar suscitent parfois quelques interrogations», peut-on lire. Et le rédacteur de l'article de conclure: «Sur la plage de M…, aucun islamiste, aucun burkini, ni aucun militant d'ultra-droite n'ont toutefois été signalés depuis le début du mois d'août, au plus grand bonheur de Patrick Calvar sans doute…» La DGSI s'active: «Dans une première version de l'article ou d'un commentaire, il était donné des précisions sur la maison et le dispositif de sécurité, se souvient une source du renseignement. On l'a vraiment pris comme un appel : si vous voulez vous le faire, il est là... »

La DGSI laisse couler, histoire de ne pas créer un écho supplémentaire autour de l'article. Mais, dans le monde du renseignement, toute rumeur, toute anecdote rapportée porte son lot d'enseignements. On sait désormais que l'ultra-droite a des relais sur tout le territoire, capables d'accéder à des informations de nature à mettre nos institutions en péril, et de les faire mousser sur les réseaux sociaux pour leur donner la plus grande audience possible. La mèche n'est pas encore allumée, mais la poudre est prête.

22 mars 2018

Des étudiants occupent les locaux de la faculté de droit de Montpellier, où ils comptent passer la nuit. Après un affrontement avec le doyen qui refuse de leur laisser l'accès aux toilettes – quelqu'un lui aurait alors jeté une serviette hygiénique usagée –, un groupe d'une dizaine d'individus, aux visages masqués et munis de planches de bois et de Taser, s'introduisent par l'entrée principale, qui aurait dû être verrouillée, sans que l'équipe de sécurité ne les en empêche, et se dirigent vers l'amphithéâtre A. Des étudiants, garçons et filles, sont tabassés. Plaies au scalp, points de suture, traumatismes crâniens... Certains d'entre eux reconnaissent un des agresseurs, un professeur de la faculté, marchant en tête de la colonne. C'est sa compagne, ancienne candidate sur une liste royaliste aux législatives à Lyon en 2012, qui l'aurait aidé à monter l'opération, à laquelle participe Martial Roudier, membre de la Ligue du Midi.

Le doyen, soupçonné de leur avoir ouvert la porte, démissionne.

L'affaire n'a pas encore été jugée.

« Déjà qu'on aille dans un coin de l'île de France et dès qu'on voyait un barbu en kamis là, habillé comme çà, qu'on lui en colle une direct et qu'on en croise deux ou trois nanas voilées qu'on leur en colle une et puis on se tire. (...) La guerre avait commencé depuis le Bataclan. »

Tommy, section francilienne d'Action des forces opérationnelles (AFO)

L'apparition d'une ultra-droite à propension terroriste est récente. Elle est nourrie par ce fantasme de la guerre civile, résumé dans le livre de Guillaume Faye, *Guerre civile raciale*, publié juste avant sa mort. Ancien étudiant de Sciences Po – promo 1973, la même que Philippe de Villiers –, Faye réussit très vite à s'imposer comme un des principaux théoriciens de l'extrême droite, bien qu'iconoclaste, et devient une figure de la Nouvelle Droite, ce mouvement né dans les années 1970. Il se distingue par une liberté de pensée et de plume, loin des milieux nationaux-catholiques – où il est honni – et fait de l'antimondialisme, de l'identité mais aussi de la liberté sexuelle ses thèmes de prédilection. À l'aube des années 2000, Faye opère une incursion à la radio – il est connu par une génération entière sous le pseudonyme de Skyman comme un des animateurs de Skyrock, chaîne où il propose de nombreux canulars avec Arthur. On lui prête aussi une brève carrière d'acteur pornographique, durant laquelle il participe à des courts-métrages filmés dans des décors nazis. À partir de la fin des années 1990, il reprend la plume et devient une référence de l'extrême droite. Le sanglier qui orne la couverture de *Pourquoi nous combattons, manifeste de résistance européenne*, un de ses ouvrages – publié aux éditions de l'Æncre qui rééditent également les livres de Philippe Henriot, la voix de Vichy, ou *Leur combat : Lénine, Mussolini, Hitler, Franco*, de Paul Marion, ministre sous Pétain –, a été repris à travers toute l'ultra-droite. Faye résumait, lapidaire : « Des peuples de races différentes et opposées cohabitent dans un même pays et se haïssent. (…) Tout finira très mal. » Selon les mots d'un de ses derniers éditeurs, Daniel Conversano – nom d'emprunt de Daniel Didier, militant néonazi et nationaliste fondateur du mouvement Suavelos, rebaptisé récemment Les Braves, qu'on voit faire quelques saluts nazis sur internet et par ailleurs organisateur de camps d'été nationalistes –, Faye ne cherchait pas de solutions pour éviter la guerre civile. Au contraire, il l'appelait de ses vœux. Pour beaucoup de militants, l'affrontement inter-ethnique, inévitable, serait un grand moment cathartique qui permettrait de refonder la nation par la violence et l'épuration.

En 1980, avec l'attentat de la rue Copernic, la violence d'extrême droite a dépassé celle d'extrême gauche, et la différence n'a cessé de se creuser. Une brutalité qui va cibler de plus en plus la population d'origine maghrébine : en 1978, sur 76 violences d'extrême droite, 8 étaient anti-maghrébines ; en 1988, sur 143 actes, 49 visaient des Maghrébins. Vioramil, un programme pluridisciplinaire rassemblant une quarantaine de chercheurs (historiens, sociologues, politistes, juristes) consacré à l'observation des violences et des radicalités militantes depuis les années 1980, note que les exactions commises par l'extrême droite représentent 17,6 % de la totalité des faits, et qu'elles ont presque triplé depuis 2012, autour de trois moments-clés : la Manif pour tous en 2013, la loi Travail en 2016 et l'onde de choc des attentats de 2015. L'histoire d'AFO, l'une des quatre affaires terroristes d'extrême droite recensées depuis, en est l'illustration parfaite.

Dans la foulée de l'attaque de *Charlie Hebdo*, un groupuscule d'autodéfense, Volontaires pour la France (VPF), est créé. Il prend son essor après le Bataclan. Présidés par un ancien général, Antoine Martinez, et par Yves Blot, ex-cadre frontiste et cofondateur du think tank de l'Horloge, marqué très à droite, les Volontaires pour la France se définissent comme des « patriotes inquiets de l'immigration de culture différente, non contrôlée, massive et devenue de peuplement ». Parmi leurs « volontaires d'honneur », on trouve le général Piquemal, radié des cadres de l'armée pour avoir participé à une réunion interdite organisée par Pegida (mouvement allemand d'extrême droite anti-islam), ou Renaud Camus, toujours. Ils tentent de peser sur le débat public. Le général

Martinez écrit de nombreuses lettres ouvertes au président de la République et apparaît dans des vidéos qu'on trouve facilement en ligne, dans lesquelles il dénonce la faiblesse de l'État (antienne de l'extrême droite) et martèle le danger que représentent l'islam et l'immigration.

Ils se retrouvent vite dans le radar des Renseignements. Ce qui distingue VPF, et qui contribue à inquiéter les services, c'est le fait que le mouvement compte un nombre important d'anciens membres des forces de l'ordre – militaires à la retraite, gendarmes, et anciens policiers.

En mai 2017, lors de leur convention nationale, une divergence se fait jour entre les partisans de l'action directe et les autres. En août, deux recruteurs, Guy Sibra et Dominique Compain, fondent, selon les services de renseignement, le bras armé du mouvement, AFO – Action des forces opérationnelles. En novembre, c'est la scission, ils quittent VPF – ou en sont exclus, comme l'affirme le site de l'association, soucieuse de prendre ses distances.

L'objectif d'AFO est clair : assez de mots, place aux actes. Leur ambition est de s'opposer « aux personnes de confession musulmane » et de lutter « contre le péril islamique ». Ils se structurent sur le modèle du SAC, Service d'action civique (ou de la résistance intérieure, comme préfère le rappeler un des membres dont les grands-parents étaient FFI). Le maillage est géographique et la structure hiérarchisée : des cellules locales, sous le contrôle de cellules régionales, rendent compte au « national ». Ils commencent à recruter, ciblant eux aussi plus particulièrement d'anciens membres de la police ou de la gendarmerie. VPF leur sert de vivier, tout comme les clubs de tir locaux, qu'ils fréquentent assidûment.

AFO est un mouvement à tendance survivaliste, paranoïaque et paramilitaire, où l'on a le culte du secret. Les membres adoptent des pseudos – celui du fondateur sera Richelieu, le responsable de la section Île-de-France choisit Cortez et son suppléant, Souvigny –, communiquent sur ProtonMail, un service de messagerie chiffrée domicilié en Suisse, et adoptent un code couleur : blanc pour les simples sympathisants, gris pour ceux qui sont chargés de la logistique et noir, enfin, pour le groupe destiné à l'action. Dès le début, Souvigny et son bras droit, Achille, s'interrogent sur la capacité de chacun à aller « jusqu'au bout », et à en assumer les conséquences sur sa vie privée, preuve qu'ils envisagent d'emblée des actions illégales. Ils commencent pourtant modestement. Cortez est secrétaire à l'ambassade de France au Salvador. Sa fille, restée en France, aurait des soucis avec des voisins maghrébins. Début 2018, Souvigny, qui le remplace depuis qu'il a rejoint le Salvador, rend compte à Richelieu de l'opération d'intimidation, « un succès ». L'affolement aurait gagné la rue, et la famille de « gris » (comprendre, arabe) aurait bien reçu le message…

Chez AFO, on se prépare sans relâche à la catastrophe. Elle sera écologique – ça vient, ça vient. Sociale – vous voyez, disent-ils quand les Gilets jaunes commencent à descendre dans la rue. Sanitaire – vous voyez ? disent-ils encore quand Macron décide le confinement. Ou civile. Cette dernière solution leur semble la plus probable.

Ce sera la guerre, une guerre ethnique. Ils craignent un soulèvement des cités contre les citoyens – les citoyens blancs. Les barbares sont aux portes de leurs pavillons. La civilisation va s'effondrer, tous les signaux d'alarme clignotent. Il faudra fuir, prendre les armes peut-être. Chacun devra être capable de défendre sa famille. Ils vivent en accéléré des fantasmes enfiévrés, des scénarios de film catastrophe. Ils veulent être prêts.

Au salon des survivalistes, qui se tient depuis 2018 porte de Versailles, on les croise dans les allées qui regardent des vidéos d'autodéfense, testent des arbalètes, examinent des systèmes de purification d'eau intégrés dans des gourdes… Elle est dans nos gènes, cette peur de ce qui va dégénérer. La croyance que le monde est friable et ce qu'on construit, guère plus résistant qu'un château de sable. Eux, ils ont trouvé à incarner leurs craintes : dans ce jeune qui porte la barbe, dans cet homme en kami, cette femme voilée. La menace vient des cités. Ils conduisent des Duster sur la Francilienne encombrée en écoutant Radio Courtoisie mais ils descendent de ces hommes accroupis autour du feu, terrés par crainte des éclairs, grelottant sous les peaux de bête, la mâchoire colérique, fragiles et brutaux. Ils regardent BFM et commentent. Avec ces incapables qui nous gouvernent. Leur vocabulaire, comme dans toute l'ultra-droite, est celui de la guerre et de la soumission. L'État est faible. La France soumise. Certains sont ouvertement racistes, mais d'autres s'en défendent, ils ont des collègues noirs, arabes, avec qui tout se passe bien, même s'ils ne s'invitent pas à dîner. Ils ont voyagé, fait des études. Ils connaissent le monde. Pourtant, ce qu'ils croient tous, c'est que le mélange produit le malaise, que la différence engendre la frustration, que chacun serait mieux chez soi. Ils pensent « nous » et « les autres ». Et leur nous se réduit de plus en plus à leur famille, et quelques voisins ou amis qu'ils aimeraient pouvoir identifier. Afin de savoir à qui faire confiance. Au cas où…

Visage large aux traits doux, voix basse, précise, logorrhée intarissable, Michel, un des membres du groupe AFO, nous raconte comment il en est venu à ces convictions. Avec ses cheveux très courts, son physique ripoliné, il a encore quelque chose du militaire qu'il a été dans sa jeunesse. Il en a retenu une discipline, des principes, un vocabulaire. Une précision. Il est inscrit dans un club de tir de la police, « pour le fun », mais les risques sanitaires l'inquiètent autant qu'un soulèvement de la banlieue et il a potassé le gros fascicule de l'Unicef sur les « process en cas de crise sanitaire » longtemps avant le confinement. Il se distingue de l'ultra-droite classique notamment par un gaullisme fervent. Il a grandi en lisière d'un monde méridional, au centre du pays, sur des terres de calcaire et d'argile pauvres, couvertes de vastes forêts, sans richesses autres que leurs bois, leurs carrières de chaux, et quelques châteaux qui tiennent plus de la ferme fortifiée écroulée derrière les rosiers grimpants et les buissons de genêts, dans une famille de maquisards où l'on n'a jamais rendu – ni déclaré – les armes, dans une famille méfiante, autonome, où l'on cultive son potager en évitant les ennuis. Armé d'une prudence paysanne et doté des antennes d'un grand paranoïaque, il fait de la politique-fiction même s'il s'en défend et n'a de cesse de se préparer au pire. De nature inquiète et jamais en repos, il veut se former, reprendre ses études. Il sent qu'il va se passer quelque chose. Il observe le monde d'un regard anxieux, pensif, réservé, et voit l'avenir comme un défi intellectuel et pratique à relever : il faudra être prêt quand le pays basculera dans le chaos.

Michel dit s'intéresser très peu à la politique mais il a pourtant rejoint les VPF. « Soyons fiers de la France que nous ont léguée nos ancêtres et montrons-nous à la hauteur de leurs sacrifices. Le patriotisme c'est notre avenir », clame leur site. De là, il est passé chez AFO, section Île-de-France.

La cellule comporte une quinzaine de membres. Autant d'hommes que de femmes, qui « serrent les fesses », habitent des coins qu'elles disent « chauds », demandent qu'on vienne les chercher quand « ça pètera ». Ils s'organisent en réseau local de solidarité, se réunissent toutes les deux semaines ou un peu plus, chez les uns ou chez les autres. Entre eux, ils peuvent dire le fond de leur pensée. Ensemble, ils se sentent plus forts. Moins seuls.

Mais il ne s'agit pas seulement d'échanger et de se réconforter. Ils se préparent. Chacun rassemble deux ou trois jours de réserves qui leur permettront de tenir en autarcie. Ils établissent des chemins de sortie sur le type des programmes mis au point pour évacuer les ambassades à l'étranger. Ils montent une chaîne d'appels d'urgence, cartographient les zones dangereuses, identifient des points où se regrouper. Ils étudient plusieurs schémas de dégagement : à pied, en voiture, à vélo et même par la Seine vers Vernon, si les routes étaient bloquées. Rien n'est laissé au hasard. On doit être capable d'évacuer en 24, 48 ou 72 heures selon le degré d'urgence, avec des sacs déjà prêts contenant les choses essentielles : médicaments, actes de propriété ou d'assurance… Ils envisagent de devoir se déplacer la nuit à travers les champs sur plus de cent kilomètres et prévoient donc des chaussures adaptées, des pansements. Leur plan est d'évacuer les plus fragiles, de mettre les femmes et les enfants à l'abri, puis de prendre contact avec les forces de sécurité et de revenir se mettre à disposition. La situation est classée, à nouveau, selon un code couleur : blanc, le risque est réel mais résiduel. « C'est la situation actuelle. » Code jaune, il faut que le départ soit possible dans les 72 heures, c'est-à-dire « avoir fait le plein des bagnoles, vérifier les stocks de médicaments pour être capables de passer trois semaines dans la verte » (comprendre : dans la nature). Code orange signifie qu'il faut être « prêt à dégager en 48 heures ». Code rouge : l'évacuation doit se faire sous 24 heures. Code noir : évacuation d'urgence redondée (chacun appelle deux personnes), et « on part avec un sac permettant de tenir 48 heures ».

Les membres bénéficient pour la plupart d'un réseau de solidarité familiale dans les campagnes, se promettent qu'ils se recevront, et envisagent d'y vivre en autosubsistance le temps voulu. Ça ressemblerait presque à un jeu de rôle – mais ça n'en est pas un.

Des stages sont organisés à travers la France. On s'y forme au maniement des armes à feu, à des techniques permettant de déjouer la surveillance policière (ils abordent par exemple la question de l'immatriculation des véhicules, de l'utilisation de téléphones avec cartes prépayées, ou encore le piège que représentent les GPS intégrés des voitures). Aux femmes, on propose des cours de lecture de cartes d'état-major... Lors d'une session organisée à Chablis, les 16 et 17 décembre 2017, Tommy propose un atelier de fabrication de napalm. Pour la démonstration, le liquide explosif artisanal se trouve dans des bouteilles en verre munies d'une mèche que les stagiaires sont invités à projeter contre un mur. On observera qu'il n'explose pas mais brûle longtemps, que son utilisation est simple et qu'il faut un plan dur pour l'utiliser. Tommy résume sa recette sur une feuille à petits carreaux qui sera saisie en perquisition, d'une écriture soignée, en commençant par ces mots : « Pour faire du napalm, il faut : ... »

Il y aura aussi un entraînement à l'arbalète par Achille, une présentation des différents types de matériel paramilitaire (sacs, gilets tactiques, chaussures de marche, boussole et démontage d'un fusil factice), un cours de deux heures intitulé « Méthode de cuisine » (il s'agit de la fabrication d'explosifs maison). L'atelier TAI (techniques d'action immédiate) est particulièrement intéressant : y sont enseignées des techniques militaires de combat incluant formation pour se déplacer en groupe, tirs et combat à quatre, feu et mouvement... On entre dans le dur.

L'association, toujours prévoyante, aurait également proposé une formation assurée par un avocat, pour savoir quelle attitude adopter en garde à vue – cela ne plaira pas du tout au juge en charge du dossier. Le dernier stage organisé en région Aquitaine par un certain Garbo, un gendarme encore en activité, prévu pour le 10 août 2018, n'aura jamais lieu – tout le monde sera arrêté avant.

La section Île-de-France, impatiente de se confronter à l'action, se lance de son côté dans la fabrication d'explosifs et opère quelques tests. Ils font exploser des grenades bourrées de peroxyde d'acétone, mais rencontrent des difficultés avec l'eau oxygénée en vente dans le commerce, qui n'est pas assez concentrée. Ils envisagent, quand ils seront au point, de les jeter dans des « voitures d'Arabes à Saint-Denis ».

En mars 2018, l'attaque terroriste de Trèbes, dans l'Aude, où Radouane Lakdim assassine quatre personnes, dont le lieutenant-colonel de gendarmerie Arnaud Beltrame, galvanise les troupes. Le projet d'empoisonnement de la viande halal, « OP Halal », naît dans des esprits échauffés. Il s'agit d'injecter un poison, cyanure ou mort-aux-rats, dans des barquettes de viande halal avant de les remettre en rayon. Ils écrivent dans une note d'information envoyée au responsable national : « En poudre ou liquide. Action de 24 à 48 heures. Provoque des signes hémorragiques, anticoagulant, respiration difficile. Mort pour les plus faibles. » Les plus faibles, c'est-à-dire les enfants, les personnes âgées.

La convention nationale annuelle d'AFO a lieu à Senonches, en Eure-et-Loir. Les participants se croient écoutés, surveillés, ils voient des agents des Renseignements partout. Ils en repèrent de « typiques » au coin de chaque ruelle. Les policiers se seraient « grillés » en abordant un membre sorti se dégourdir les jambes pour lui poser des questions, croyant qu'il s'agissait d'un habitant du coin.

Souvigny profite de la convention pour faire part de son mécontentement à la direction. Il réclame des consignes, des cibles. Il se plaint de n'obtenir que des « réponses fuyantes. » Il craint de perdre la face devant « les gars ». On ne peut pas se préparer indéfiniment sans savoir à quoi. Il sent monter le doute dans son groupe, surtout chez les plus jeunes – qui ont tout de même au moins la quarantaine, AFO est un mouvement d'anciens. Il enrage : imaginer des opérations meurtrières sans jamais passer à l'acte ? À quoi bon. Qu'attend-on ?

C'est au cours de cette réunion que le projet d'empoisonnement aurait été validé. Une fois devant la justice, tous les mis en cause se défileront : ils n'étaient pas là, n'avaient pas compris que c'était sérieux, étaient sortis fumer une cigarette quand on en a parlé... Toujours est-il que le national semble avoir donné son aval au projet de la section Île-de-France par un laconique : « Ok pour ce genre d'actions. » Plus tard, le responsable d'AFO dira, pour se dédouaner, n'avoir jamais envisagé un projet terroriste : « Moi, j'ai une formation militaire et policière, alors je ne vois pas pourquoi je délirerais sur quelque chose qui, je le sais, est complètement irréalisable. »

La Section antiterroriste ouvre une enquête préliminaire du chef d'association de malfaiteurs terroriste criminelle, confiée à la DGSI. Moins de trois semaines plus tard, l'avancée rapide des projets criminels du groupe justifie l'autorisation d'une procédure d'infiltration.

L'infiltré a fait comme les autres : il s'est connecté sur la page web d'AFO. En bas, un petit rectangle clignotait : si vous voulez nous contacter. Il a cliqué. Dans son mail, il a dit, en substance, qu'il était révolté par les attentats commis en France, qu'il n'était pas raciste mais qu'il en avait marre de l'invasion des Arabes. Surtout ceux qui ne s'intègrent pas. Que depuis les attentats de *Charlie*, et encore plus depuis le Bataclan, il était en colère. C'est le maître mot : la colère. C'est leur point de ralliement. La colère et la peur. De bonnes racines. Il cherchait un groupe pour réfléchir à des solutions. Il a rédigé le message avec soin. Les mots faisaient écho aux écoutes dont disposaient les enquêteurs. Comme pseudo, il a choisi Jacques.

Chez AFO, beaucoup auraient préféré que, conformément aux directives nationales, la cooptation prévale. Le recrutement étant trop laborieux, ils ont pourtant été obligés d'ouvrir. Alors ils essaient de compartimenter, ils ne voient les nouveaux qu'une fois par mois. Mais l'infiltré est habile. Il se présente comme un ancien du Milieu et ça les appâte : ils ont du mal à trouver des armes, ce qu'il n'ignore pas. Or où en trouver, si ce n'est dans le grand banditisme. Son profil leur plaît. Un peu comme au temps du SAC, où l'on faisait la part belle aux voyous.

Une première réunion est organisée entre l'infiltré, Souvigny et son bras droit Achille. Les deux hommes expliquent le fonctionnement et l'historique d'AFO. Ils s'affirment déterminés à tuer deux cents imams au prochain attentat et évoquent d'autres cibles, notamment des détenus radicalisés à leur libération, puis ils l'invitent à la prochaine réunion, le samedi 16 juin 2018 au domicile de Souvigny. Achille demande aux membres de la section de lui « dérouler le tapis rouge ».

La réunion a lieu dans le pavillon au crépi gris de Souvigny. Ils sont 12. Dont 3 femmes… Les participants sont dans une surenchère rhétorique guerrière. Ils se laissent aller à l'émotion, certains demandent qu'on s'occupe de leur femme quand ils partiront en prison. On s'émeut en racontant que la fille d'un des membres a été charcutée au couteau au Bataclan (personne n'a été blessé au couteau dans la salle de concert parisienne). Un autre, qui a eu des problèmes au collège avec un jeune devenu dealer, propose de commencer l'épuration par lui. On s'échauffe. Ils évoquent leur sujet de préoccupation principal : la difficulté à se procurer des armes. On leur a bien proposé des kalachnikovs, mais très chères (à 3 000 euros pièce quand on peut en trouver au tiers du prix). Ils n'ont ni le budget, ni les réseaux. Ils ne disposent pour l'instant que d'une dizaine de grenades, disent-ils à l'infiltré. Mais ils affirment qu'en septembre, ils seront prêts à passer à l'action avec « OP Halal ».

Il est proposé de se vêtir d'un hijab pour acheter des barquettes de viande dans lesquelles on injectera un poison. Une femme intervient : elle se présente comme une naturopathe et propose de mettre à profit ses connaissances pour en fabriquer à base de digitaline. L'infiltré, qui ne connaît que son pseudo, Sophie, la reconnaîtra plus tard sur des photos du centre de tir qu'elle a dit fréquenter. « Oh, naturopathe, il a peut-être un peu embelli le tableau, se défendra-t-elle en garde à vue. Je m'y connais un peu en plantes, tout au plus. »

Devant le juge, la plupart diront que l'infiltré les a manipulés, que c'est lui qui a mis ses mots dans leur bouche, qu'il les a poussés… Mais leur projet préexistait à l'infiltration.

Dans les jours suivants, certains membres refusent finalement de participer et il ne restera que sept volontaires : Souvigny, Achille, Flamme, Tommy, Attila (une femme), Fermat, ancien commando de l'air, et Ferragus. Achille commence les repérages dans un supermarché d'Athis-Mons, où il prend des photos au moyen d'un iPhone sans puce.

Le 20 juin, une nouvelle rencontre est organisée, sans Souvigny qui est en Corse où il tente toujours de trouver une filière d'armes. Achille et Tommy proposent à l'infiltré d'aller tester des grenades sur un terrain en friche appartenant à un prince saoudien, du côté de Bois-d'Arcy. Renonçant finalement à y aller le soir même, ils se fixent la date du 23. Cela n'aura pas lieu. À l'aube, une opération judiciaire menée par la DGSI se solde par l'interpellation de dix premières personnes. Six autres suivront au cours de l'été. L'instruction est toujours en cours.

Dans les perquisitions, on retrouvera un fusil Keller de calibre 12, des armes de chasse, des grenades à plâtre, un fusil à canon scié, des milliers de cartouches, plusieurs armes de poing ou d'épaule, des couteaux et des haches, une pipe bombe (un tuyau fourré d'explosif), du TATP en petite quantité, des douilles 38 spécial, des grenades, des couteaux de survie, une arbalète et des flèches. Une armada disparate, mi-va-t-en-guerre mi-pieds nickelés.

On ne sait pas toujours où commence l'ultra-droite, mais on sait toujours jusqu'où elle peut aller.

16 avril 2018

Peut-on être néonazi et posséder des armes ? La lutte pour leur contrôle sur le territoire est intense, et les amateurs de poudre, nombreux. Un tatouage suspect aperçu au stand de tir sur un avant-bras, un collectionneur un peu trop gourmand, une curiosité soudain trop affirmée sur internet pour les armes de guerre, et c'est tout un service de renseignement qui s'emballe. On scrute, cherche, identifie la menace… Le 16 avril 2018, Jean-Philippe est contraint par le préfet du Loiret, Jean-Marc Falcone, ancien directeur général de la police nationale (DGPN), de rendre ses armes. L'homme est connu pour son appartenance au Bloc identitaire et pour être un des administrateurs du très confidentiel « Front de défense de la France » (FDF). Un groupuscule nationaliste, décliné en factions régionales, très hiérarchisé, à l'influence quasi nulle et inconnu du grand public.

Seuls les antifas tourangeaux, dans une volonté de cartographier l'extrême droite, lui ont consacré une longue enquête, publiée sur le site Demain le grand soir. Le FDF, à tendance survivaliste, s'est constitué pour se battre, affirme-t-il, et pour « que la France redevienne française et se débarrasse de toute la racaille qui la souille». Ses membres s'affichent volontiers dans des rassemblements en France et à l'étranger, au soutien des nationalistes et autres mouvements patriotes.

Pour interdire à Jean-Philippe de posséder des armes et l'obliger à rendre celles qu'il possédait déjà, les services de renseignement et la préfecture du Loiret ont retenu deux voyages. Tous les deux à destination de la Hongrie, en février 2016 et février 2017, pour commémorer, aux côtés d'autres fascistes, les divisions de la Waffen SS ayant combattu à Budapest en 1945… Jean-Philippe n'a pas nié mais a porté l'affaire – sans succès – devant les tribunaux, pour se voir reconnaître son droit à conserver son matériel de combat. Son avocat a eu beau asséner devant la cour administrative d'appel de Nantes que son client était «victime de discrimination en raison de ses opinions politiques», l'État n'en a pas démordu: le comportement de Jean-Philippe «laisse craindre une utilisation de ces armes dangereuse pour lui-même ou pour autrui».

> *« Rebeus, blacks, dealers, migrants, racailles, djihadistes, si toi aussi tu rêves de tous les tuer, nous en avons fait le vœu, rejoins-nous ! »*
>
> Projet d'affichette découvert chez Logan Nisin

« Un pauvre mec, un mythomane. Tout le monde le connaissait, à Marseille. » C'est par ces quelques mots lapidaires qu'un militant antifasciste de la région Paca résume l'affaire OAS, ou « affaire Nisin », du nom de son principal protagoniste, un jeune chaudronnier de 21 ans, au physique de poids plume, au visage mince et pâle, agité, dont les cheveux noirs, sur toutes les photos qu'on a trouvées, sont soigneusement passés au gel. Il a monté une mini-opération baptisée OAS (référence récurrente, dans l'ultra-droite, à la guerre d'Algérie), visant à assassiner d'abord Jean-Luc Mélenchon, candidat à la présidentielle, puis le maire de Forcalquier, devenu ensuite porte-parole du gouvernement puis ministre de l'Intérieur, Christophe Castaner, ainsi que des citoyens musulmans. Nous sommes en juin 2017.

Logan Nisin est un jeune homme qui s'est beaucoup cherché, mais toujours du même côté. Enfant d'un couple de divorcés, il a été victime de harcèlement scolaire pendant des années en raison d'un tic au visage. Ses parents s'en souviennent comme d'un élément fondateur de sa personnalité, mais ils ignorent la tentative de suicide qu'il dit avoir commise dans l'enfance. Il vit chez sa mère, qui le soutient et le conduit souvent en voiture sur les meetings, opérations coup de poing ou tractage pour les différents groupes qu'il fréquente – il n'a pas son permis de conduire. Depuis l'adolescence, Nisin a été successivement néonazi, membre des Jeunesses nationalistes avant leur dissolution, d'un mini-groupuscule marseillais inspiré du parti grec néonazi Aube dorée, MPNA, fondé par un ancien militaire, de la section marseillaise d'Action française, puis membre du Front national. Il a voulu devenir chrétien, reprendre ses études au contact des militants d'Action française, en général plutôt diplômés, a travaillé à droite à gauche, notamment en revendant des Taser sur internet. Il est trésorier de France-Village, fumeuse association lancée pour financer un village de « Français de souche », c'est-à-dire blancs, dans un lieu indéterminé… Très actif sur internet, Nisin est administrateur d'une page Facebook intitulée « les amis et supporters d'Anders Behring Breivik », l'auteur de l'attentat terroriste d'Oslo et de la tuerie d'Utoya. Nisin y encense Breivik, un héros. L'homme, diagnostiqué schizophrène, membre de l'extrême droite norvégienne – il a milité dix ans au sein du Parti du progrès, populiste et anti-immigration –, a tué plus de 77 personnes, essentiellement des adolescents, en juillet 2011. Dans son manifeste de 1 529 pages, *2083 – Une déclaration d'indépendance européenne*, publié le jour de la tuerie, il se revendiquait islamophobe, antiféministe, nationaliste blanc et hostile au multiculturalisme. Logan Nisin a posté des dessins où il se représente tirant au fusil d'assaut sur une foule composée de femmes et d'enfants, ainsi que de nombreuses vidéos admiratives consacrées au IIIe Reich. Le site est remarqué par les services de renseignement, qui y trouvent quelques signaux alarmants. Et en effet, le jeune homme célibataire est parvenu à réunir une dizaine de jeunes gens (trois sont mineurs) pour participer à son entreprise terroriste. Fiche de poste pour l'OAS : « On recrute des chasseurs d'Arabes ». En juin 2017, il est interpellé par la gendarmerie. La section antiterroriste du parquet de Paris confie l'enquête à la SDAT (la sous-direction antiterroriste).

En garde à vue, Nisin est d'abord téméraire. Il assume être le créateur du groupuscule clandestin baptisé OAS et reconnaît sans difficulté avoir planifié d'assassiner Jean-Luc Mélenchon et Christophe Castaner. Il explique qu'il se considère menacé « dans son intégrité physique » par la présence des Arabes en France. Il a envisagé de se procurer des armes dans les Balkans, ainsi que des faux papiers pour prendre la fuite après avoir commis les actes qu'il préparait. Son objectif, en ciblant la population musulmane, était de provoquer la terreur pour enclencher une remigration spontanée. Selon Nisin, son groupe se compose d'une dizaine de personnes dont il refuse de donner les noms. Les policiers découvrent, dans son ordinateur, une fiche de vocabulaire qui leur était adressée et qui devait permettre, selon lui, de déjouer les surveillances : pour gilet pare-balles, il est recommandé de dire veste. Pour vraies munitions, billes… Il aurait également planifié le casse d'une armurerie.

Placé en détention, Nisin ne désarme pas. Il utilise depuis sa cellule un téléphone portable pour exhorter ses complices à passer à l'acte. Lors d'un parloir avec sa mère, il regrette d'avoir été arrêté avant de pouvoir commettre des dégâts et liste les membres de son organisation, contribuant à faciliter le travail des enquêteurs. Un coup de filet suivra.

Le jeune homme, sous le chef d'association de malfaiteurs terroristes, apologie d'acte terroriste, et vol en lien avec son projet, est en détention provisoire depuis plus de trois ans. L'affaire et les préparatifs ont quelque chose de légèrement pathétique, un goût d'impréparation, de mythomanie peut-être, comme ses rodomontades en garde à vue. Mais la justice l'a jugée suffisamment sérieuse pour la qualifier de terroriste, et poursuivre. Et Logan Nisin, jeune loup famélique, dérisoire et haineux, humilié par la vie, rejeté comme par la houle de groupuscule en groupuscule, est à l'image d'une certaine frange de notre pays : sans références et sans espoir, contaminé par la propagande qu'on trouve en ligne, ballotté par le ressac d'idéologies toujours plus divisantes, jusqu'au point de non-retour. Son avocat, Éric Bourlion, réagit : « Une idée noire peut être activement repentie. Elle n'est ni crime ni délit. Le probable n'a aucune force probatoire. »

21 août 2020

Des tags négationnistes couvrent le centre de la mémoire d'Oradour-sur-Glane. « Menteur », peut-on lire à la peinture rouge sur le monument.

Le 10 juin 1944, la division SS Das Reich rassemblait les hommes dans les granges du village et les fusillait, puis regroupait femmes et enfants dans l'église avant d'y mettre le feu.

« Mon père m'a donné des armes interdites. »

Frédéric

Il porte une longue barbe de hipster qui tire sur le roux, des lunettes cerclées et les cheveux plutôt courts. Il a l'accent du Sud-Ouest, il rit beaucoup, même quand il raconte son séjour en prison, sa nuit au siège de la direction générale de la Sécurité intérieure (DGSI) à Levallois, ou le piège que lui avaient tendu les services de renseignement pour l'interpeller, après qu'il eut fomenté un attentat contre la communauté musulmane : « Ils ont monté un coup ! C'était rigolo, assez rock'n'roll ! » plaisante-t-il. Lui, c'est Frédéric – ce n'est pas son vrai prénom, seule condition qu'il a posée pour accepter notre entretien –, tout juste la trentaine, un plan de vie bien établi, propriétaire d'une petite maison dans le sud-ouest de la France, un métier stable, une compagne, deux enfants en bas âge. On devinerait en lui un banquier, un promoteur immobilier ou le cadre type de n'importe quelle boîte. Il est poli, s'exprime bien, sorte de gendre idéal. C'est le premier loup solitaire de l'ultra-droite. Emprisonné en 2013 pour avoir jeté un cocktail Molotov contre une mosquée, la justice lui a un temps reproché d'avoir voulu tuer des musulmans.

La théorie du loup solitaire, inventée par les suprémacistes blancs Alexander James Curtis et Tom Metzger dans les années 1990, et résumée par le FBI, est très claire : une propagation d'idées de combat invite au passage à l'action *par petits groupes*. C'est ainsi que la large diffusion des idées, aussi bien sur internet que portées par des personnalités ultramédiatiques sur des chaînes de très grande écoute, crée un terreau favorable au passage à l'acte violent. Exactement comme dans le phénomène djihadiste, ces individus n'ont pourtant réellement été seuls qu'au moment de commettre leur acte de violence. Auparavant, ils ont tous fréquenté, a minima en ligne, un milieu militant, même virtuel. Selon Jean-Yves Camus, ils ont baigné dans une prose haineuse où affleurent, sans cesse, les appels à l'action, au combat. Les tueurs ne naissent pas ex nihilo, pas plus qu'aucun terroriste.

Nuit du 20 août 2012. La scène ne dure que quelques secondes. Un cocktail Molotov, confectionné avec de l'essence et une bouteille de vin, est projeté sur la façade de la mosquée de Libourne, en Gironde. Ni tag raciste, ni graffiti xénophobe. Le fauteur de troubles ne prend pas le temps d'apprécier son méfait et s'enfuit en voiture. Un début d'incendie est rapidement maîtrisé par les pompiers dont la caserne est située de l'autre côté de la rue. Deux soldats du feu ont d'ailleurs vu toute la scène, tandis qu'ils faisaient une pause à 2 heures du matin, raconte *Sud Ouest*. Le lendemain, c'est la consternation, mais pas vraiment la panique. Le maire prend la peine de rédiger un bref communiqué et rassure la communauté : aucun acte hostile ne saurait être toléré à l'encontre d'un lieu de culte. Mais force est de constater que l'attaque n'a pas été revendiquée et qu'elle n'a fait aucun dégât. Il n'est pas même certain qu'il faille y voir la patte des milieux identitaires ou antimusulmans. Une bêtise de jeunesse, peut-être ?

Les gendarmes enquêtent mollement quand, en juillet 2013, survient un nouvel incident. Les boîtes aux lettres aux abords de la mosquée se sont remplies dans la nuit d'un faux tract municipal, soi-disant signé du maire, et appelant à réussir « le pari de l'intégration républicaine des musulmans et leur faire toute la place qu'ils demandent ». Aussi serait-il bon, pendant le ramadan, de ne plus boire ni manger, précise le document qui vise à stigmatiser les musulmans. Le maire porte plainte, le ou les auteurs ne seront jamais retrouvés, l'anecdote tombe dans l'oubli. Elle en dit toutefois long sur le climat qui, peu à peu, s'installe. Frédéric, lui, tout ce temps, ne fait pas parler de lui. Le gamin naît en 1990 sur les bords du lac Léman dans une famille d'expatriés. Ses parents, divorcés, ont baroudé en Afrique noire. Il grandit auprès de sa mère et a des attaches familiales dans le Bordelais. Il manifeste une attirance pour la culture, le patrimoine, l'univers militaire : « Je tiens ça de mon père qui exerce une grande influence sur moi. »

Et puis très vite, l'extrême droite. Il a 13 ou 14 ans, confie-t-il, quand, au collège, il tisse « des liens très forts » avec ce qu'il appelle, en riant, sa « petite bande de fachos ». Ensemble, ils s'intéressent aux années 1930, versent dans le IIIe Reich. À Thonon-les-Bains, dans son collège public, le groupe s'oppose régulièrement aux Maghrébins de l'établissement, avec qui « la cohabitation est difficile ». Il leur arrive de se présenter en sang à l'hôpital. « On rase les murs ensemble, ou on se bagarre ensemble ! On se confronte avec les enseignants aussi, très marqués à gauche. On en rigolait beaucoup. » Frédéric se lâche dans ses copies. Sa famille sent qu'il a des centres d'intérêt « un peu sulfureux », mais ne s'en inquiète pas outre mesure, relate-t-il : « Je pense qu'il y avait un côté un peu romantique dans ma démarche. » L'adolescent veut défendre une idée qu'il se fait de la France, et est prêt à le payer.

Le lycée, catholique privé, l'apaise. « Il n'y avait plus aucun problème sur le plan ethnique. » Frédéric commence les préparations militaires, part chez les chasseurs alpins, puis dans la marine. Aussitôt après son baccalauréat, il monte un dossier pour devenir analyste renseignement dans l'armée de l'air. « À l'époque, on n'avait pas besoin de faire d'études supérieures, contrairement à l'armée de terre. » Le voilà en partance pour Rochefort, l'école de sous-officiers de l'armée de l'air, avant de rejoindre Metz et d'obtenir un poste, qui l'enverra par deux fois en Afghanistan. « Quand je rejoins l'armée, je suis un peu plus calmé sur le plan militant. Collage d'affiches, conférences, etc., tout ça m'est désormais fermé car je suis militaire. J'essaie d'être un peu discret mais dès que je me rends dans une ville, je vais quand même voir à chaque fois l'univers militant. Que ce soient les Identitaires ou d'autres structures, peu importe. »

Frédéric est toujours très endoctriné. Son auteur fétiche, celui qui l'a « le plus marqué et influencé » ? Guillaume Faye, qui appelle à l'orée des années 2000 à la « reconquête », et dénonce « l'avant-guerre » qui se prépare en Occident et la « convergence des catastrophes », comme l'observe le chercheur Nicolas Lebourg. L'islamophobie, toujours plus brutale, est sa ligne.

Nourri de ces références, Frédéric développe sa propre pensée. « Le drapeau bleu, blanc, rouge n'a jamais été une fascination pour moi. Moi, c'était plutôt la Grande Europe… » En 2012, le jeune homme connaît un important épisode dépressif, le deuxième de sa vie : « Je me suis fait larguer par ma copine alors que je venais de poser le pied à Kaboul. J'ai réussi à faire ma mission correctement pendant quatre mois. Je suis rentré en France avec un mal-être très profond, très lourd. Je ne savais pas vers quoi me diriger. J'ai consulté des thérapeutes. À Lyon, s'est présentée une nouvelle histoire amoureuse alors que je repartais à Kaboul une deuxième fois. Dans ma tête, je me suis fixé une sorte d'ultimatum : soit cette histoire marche, soit je me flingue. Évidemment, je suis rentré d'Afghanistan, et ça a foiré. Et plutôt que de me flinguer, j'ai décidé de monter un coup. » Pour Frédéric, il n'existe que trois possibilités lorsqu'on est, comme lui, engagé dans la radicalité. « Soit on se met en retrait par rapport à la société, en composant et en essayant de s'adapter par rapport à son environnement – c'est ce que je fais aujourd'hui. Je suis papa de deux enfants (...) Ça va très bien. Soit on choisit le militantisme. Mais c'est très consommateur en temps et en énergie, pour des résultats pas forcément au rendez-vous, et on se grille complètement niveau professionnel, pour des résultats, bon... Même si, c'est vrai, on peut toujours rebondir. »

Soit, enfin, « il n'y a plus d'alternatives : c'est la lutte armée ». C'est le Frédéric des années 2010. Celui qui est capable, jure-t-il, d'organiser quelque chose sur l'instant. « Lorsque je lance le cocktail Molotov sur la mosquée de Libourne, ça se décide le matin pour le soir. J'avais besoin d'action. Y avait pas d'intention particulière. » Son projet contre la mosquée de la cité des Minguettes, à Vénissieux, est plus réfléchi. « Je me suis fantasmé un projet d'attaque (...) L'idée générale était d'engendrer une forme de spirale de représailles. L'objectif était de contribuer de près ou de loin, même à un niveau modeste, à un conflit ethnique en France. On verra si l'avenir nous conduira à cela, je ne sais pas aujourd'hui... » Il a déjà quelques armes de collection que lui a données son père. Frédéric se « vide le cerveau » en couchant ses intentions sur papier, dans des lettres extrêmement détaillées qu'il promène sur lui. Il se verrait bien tirer sur les vitres pendant que des gens prient dans la moquée. « S'il y avait eu des blessés ou des victimes, il y en aurait eu, mais c'était pas forcément un objectif. »

Les documents finissent par tomber entre les mains de son beau-père, qui appelle la police. Avec le recul,

Frédéric y voit un « acte manqué », une volonté de se faire prendre, même s'il dit ne pas se souvenir, aujourd'hui, de la façon dont son beau-père a pris connaissance de ses écrits. La direction centrale du Renseignement intérieur (DCRI, aujourd'hui DGSI) décide de l'interpeller. Frédéric est convoqué le 7 août 2013 sur un prétexte fumeux, en tenue, dans le bureau de son supérieur, un général de l'armée de l'air, sur la base 942 Lyon-Mont-Verdun. Tout le monde, à commencer par les militaires, tient à faire ça discrètement et veut éviter la médiatisation des faits. « Je me rappelle encore, il y avait un superbe poster du film *Tora! Tora! Tora!* (sur l'attaque de Pearl Harbor). Ça a toqué à la porte. Une douzaine d'agents de la DCRI sont rentrés. » Pour la médiatisation, c'est loupé, « c'est arrivé de partout ». L'arrestation fait la une de BFM. « Des experts en radicalité défilaient sur les plateaux, c'était très marrant ! » rit Frédéric. Le suspect finit sa garde à vue au sous-sol de Levallois, le siège de la DCRI, puis part pour l'île de la Cité, où il est déféré à un magistrat, star du moment de « l'antiterro » : Marc Trévidic. Puis direction la Santé, où le jeune homme passe huit mois avant de sortir grâce, dit-il, à l'excellent travail de ses avocats.

Au moment d'entrer en cellule, Frédéric ne sait pas encore que tous les médias parlent de son affaire. Mais puisqu'il est du genre bavard, il n'a pas pu s'empêcher de confier à un homme interpellé en même temps qu'il venait de « Lyon ». Il n'en faut pas plus pour faire le lien. Très vite, la prison bruit de cette étrange rumeur : le petit facho dont la presse parlait tant ces dernières heures vient d'arriver dans l'établissement. « Les matons ont toujours l'oreille qui traîne et arrivent à tâter le pouls de la prison. J'ai fait qu'une nuit au quartier arrivant. Ils m'ont tout de suite placé à l'isolement. Sinon, j'aurais fini en pâtée pour chien. » Il ajoute dans un rire : « J'étais un objet de curiosité : tous les psys de la prison voulaient me voir. » Frédéric bouquine, découvre Sylvain Tesson, qu'il adore, et comme tout le monde, « se fait un peu chier ». Lorsqu'il sort, un nouveau rendez-vous est pris avec l'armée, qui veut s'assurer qu'il ne comparaîtra pas à son procès en militaire. En réalité, le prévenu a déjà, depuis sa cellule, adressé des courriers de démission, mais ils n'ont pas été pris en compte. « J'étais merdeux. J'avais fait n'importe quoi, je voulais être classe. » Ne pas enfoncer encore davantage la réputation de l'institution.

Frédéric s'en sort grâce à un vice de procédure. « Il n'y avait pas de faits, que des lettres. Donc ils ont tenté de me baiser au niveau de mon arme. » Pour tenter de le raccrocher au projet d'attentat de Vénissieux, les autorités vont lui coller des poursuites pour « détention de munitions de quatrième catégorie en relation avec une entreprise terroriste ». Son pistolet, donné par son père, est un Reichrevolver modèle 1884, classé catégorie D. L'arme est un modèle de collection. Il a le droit de la posséder. Mais pas ses munitions, estiment les experts en balistique de la DCRI, qui les classent en catégorie C. Or, quelques années plus tôt, une expertise avait déjà eu lieu sur ces munitions, lesquelles avait été classées D. Le père de Frédéric s'était en effet fait livrer l'arme et les munitions par colis, lequel s'était fracassé au sol dans le centre de tri postal, déclenchant la panique des fonctionnaires. Une enquête avait été ouverte, le père auditionné, et les investigations finalement classées sans suite, les forces de l'ordre estimant que l'arme comme les balles étaient de catégorie D. Frédéric et ses avocats vont donc convaincre le juge d'instruction, contre l'avis du parquet, qu'il est de bonne foi et que les poursuites ne tiennent pas debout.

Quand le procès survient, à l'été 2014, ne reste donc plus que l'attaque au cocktail Molotov à Libourne, pour laquelle Frédéric est condamné à trois ans de prison donc dix-huit mois avec sursis. « J'ai le sentiment que j'avais envie d'être pris », dira-t-il à l'audience. Avant de conclure : « C'est un jugement qui a du sens. Je suis content que ça se termine. » Pas si vite. Car si Frédéric a déjà entamé une reconversion dans le vin, se faisant le plus discret possible, le voilà qui refait parler de lui en janvier 2016. En plein état d'urgence post-attentat, une perquisition administrative est menée dans les milieux de l'ultra-droite, après que les forces de l'ordre ont cassé la porte de tous les barbus et radicalisés signalés par le Renseignement. Le domicile de Frédéric, celui de sa compagne et la maison de son père sont fouillés. Résultat : une trentaine d'armes et 200 kilos de munitions. « Hahaha, c'était mon père, ça ! » se marre Frédéric. Trois armes chez lui, trois de plus chez son amie, et 29 chez le papa. Pourtant, Frédéric le jure : en 2016, il n'a aucune velléité d'attentat. Le « repenti » sort tout juste d'un stage chez un viticulteur de Saint-Émilion, a retrouvé une vie stable et une compagne – qui appartient elle aussi aux milieux d'extrême droite. Son père est un collectionneur, un fou d'armes à feu, et lui-même leur voue une inextinguible passion. « Je suis allé à un stand de tir pour essayer les armes de mon père. J'avais pas mal de potes de Bordeaux qui étaient là-dedans à l'époque. L'accès à l'arme à feu me paraissait crucial, mais plus dans une démarche de défense. » Frédéric pense avoir été dénoncé – beaucoup de policiers fréquentent ces stands. Il est condamné à six mois de prison ferme, transformés en travaux d'intérêt général (TIG) qu'il effectue au musée d'art contemporain de Bordeaux. Il enchaîne ensuite les boulots, livre des diagnostics amiante pour des notaires ou des promoteurs immobiliers, puis devient technicien en entretien de système de ventilation, avant, enfin, de trouver un CDI dans un domaine qui lui plaît. Frédéric acquiert une maison, son « petit nid avec [s]a femme », et n'entend plus jamais parler de son passé, sauf dans des cercles avertis qu'il continue de fréquenter. Il dit avoir aujourd'hui un objectif : « Se réaliser par le travail, puis par la réussite. »

Il n'en parle pas spontanément, mais l'écriture occupe également une grande place dans son existence. Après l'action, la théorie. Sa compagne a lancé une petite maison d'édition, dont le catalogue ne comprend que trois ouvrages. Un roman qu'elle a écrit elle-même, *Amour, Spritz, Révolution*, « une romance au cœur de l'extrême droite française ». « Émilie est ce genre de gentille fille : catholique, bien sous tous rapports, qui porte des jupes longues et des talons plats (…), lit-on dans le résumé. Tout bascule le jour où elle rencontre le mystérieux Thomas venu de Lyon. Lui sort en Harrington et participe à des rituels païens. On raconte même qu'il a survécu à une sombre affaire (…) De Spritz en rêves de révolution, de coups de poing en coups de sang, le militant d'ultra-droite saura-t-il conquérir le cœur de la belle ? » Toute coïncidence avec la réalité est purement fortuite. Frédéric, lui, donne dans l'essai. Il a rédigé un premier ouvrage en prison. Il croit aux thèses « effondristes », un environnement qu'il connaît « très bien », sans verser « dans les clichés survivalistes les plus débiles. Je suis en mocassins, pas en treillis, et ma clientèle est anglo-saxonne ! » lance-t-il.

Cela ne l'empêche pas de réfléchir à acheter un bien immobilier à l'étranger. « Si jamais en France, ça devenait invivable, on se casserait. » Frédéric et sa compagne restent impliqués dans la mouvance. Chaque publication leur vaut des invitations dans les médias dits « alternatifs », un mot qui désigne souvent soit l'extrême droite, soit les milieux complotistes. On peut ainsi entendre sur internet le jeune père de famille interviewé par des cadres de Tenesoun, le nouveau nom du Bastion social pour la zone Aix-Marseille, ou Méridien Zéro, une webradio nationaliste longtemps promue par le site Égalité et Réconciliation d'Alain Soral. « Nous cherchons, par le travail, à acquérir une forme de sérénité par rapport à ce qui se passe autour de nous », témoigne Frédéric. Mais, ajoute-t-il, d'un point de vue idéologique, « on se situe plus dans la logique du canot de sauvetage que du torpilleur ». Frédéric ne croit pas à la présence sur le territoire français de groupes véritablement organisés et structurés, et agissant dans la clandestinité en vue de préparer des attentats. « Ça ne correspond pas aux profils que l'on peut croiser dans ces univers-là. Mon profil d'il y a quelques années, par contre, ça, ça arrivera. Des gens qui vont péter un plomb, comme à Bayonne, ça arrivera. Ou comme en Norvège, Anders Breivik, avec des gens qui se montent le bourrichon tout seul. Eux sont extrêmement dangereux et difficiles à cerner pour le monde du renseignement. »

La guerre civile ? « Advienne que pourra, possible que ça se passe un jour ou dans la prochaine décennie. Possible aussi que cela n'arrive pas (...) À titre personnel, je suis plutôt dans une fuite, une dynamique de départ », dit encore Frédéric. Qui cite les meurtres, en juillet 2020, du chauffeur de bus de Bayonne (un conducteur avait été tabassé à mort après avoir contrôlé des titres de transport et demandé à des passagers de porter un masque, l'enquête est en cours) et celui d'une gendarme du Lot-et-Garonne, renversée par un chauffard transportant de la cocaïne, pour dénoncer le « chaos light » qui est en train de s'installer en France. Après sa perquisition en janvier 2016, Frédéric avait donné une interview au site d'extrême droite Riposte laïque. Il y déplorait que « les populations enracinées de ce pays aient été massivement désarmées, concrètement de manière physique (il n'y a quasiment plus d'armes) et symboliquement de manière morale (la volonté de combat est inexistante). Le concept de défense est aujourd'hui purement et simplement rejeté par des millions de citoyens».

Quatre ans plus tard, il n'a pas changé d'avis et assure que la France laisse aujourd'hui se dérouler sous ses yeux une «confrontation territoriale de basse intensité». Prête à exploser? Pas impossible, assure une source du renseignement français. Qui voit dans le profil de Frédéric la preuve qu'il n'y a pas seulement, à l'ultra-droite, «des abrutis, mais aussi des gars idéologiquement très construits». Capables, comme Frédéric, de s'intéresser aussi bien à des questions «sécuritaires» qu'à des «problématiques monétaires». «Une forme de radicalisation plus grave que le terrorisme qui n'est finalement qu'une maladie éruptive», assure notre source. La radicalisation, elle, est «chronique». Elle infuse, s'ancre dans les discours, pèse sur les débats, et joue sur la capacité de résilience de notre société, «de plus en plus faible». Frédéric ne dit pas autre chose: «Tout ne se maintient que grâce à la présence d'un État social extrêmement fort.» Mais «attention», avertit-il, que les «filets de sécurité», que ce soit sur le plan social, économique ou policier, ne «sautent» pas.

26 novembre 2019

Des tags antisémites sont découverts sur les murs d'une école, de la mairie et du cimetière juif, dans un village d'Alsace.

C'est loin d'être le premier cas. Depuis des années, on retrouve ces graffitis à travers tout le département au point que la gendarmerie a créé, en 2018, un groupe d'enquête dédié. « Les auteurs sont des gens du coin, qui savent où sont les caméras de surveillance et qui ne se font pas prendre. Il y a aussi un phénomène "copycat". Une dimension festive, également », selon un cadre de la gendarmerie, qui poursuit : « Des jeunes bourrés qui trouvent ça drôle. Des jeunes chauffés à blanc par le discours ambiant, aussi. On prend ça très au sérieux, ça use le tissu social, ça instaure un climat dégueulasse. » Plus d'une trentaine de faits ont été recensés depuis l'été 2018. Aucune enquête n'a abouti.

> *« La droite extrême repose sur une idéologie de la violence. Au commencement, était l'action. »*
>
> Nicolas Lebourg

Les grands événements internationaux attirent les militants comme la lumière les papillons de nuit. La guerre du Donbass, en Ukraine, les a siphonnés plus sûrement que tout autre. Ils ont afflué de toute l'Europe pour prendre les armes, pour s'aguerrir et tester leur courage, leur virilité, leur détermination. Ce conflit sanglant et compliqué – à tel point qu'on trouve des ultras dans les deux camps – a joué un rôle formateur et leur a offert des combats communs, une auréole de guerrier, des souvenirs à partager. Militants du Rassemblement national, de Génération identitaire ou du Bastion social, mais aussi de Pegida, du NPD et de l'AFD en Allemagne, de l'UKIP, du Brexit Party et de Britain First au Royaume-Uni, de Vox en Espagne, ont rappliqué à l'est de l'Ukraine dès 2015, pressés d'aller au feu. « On s'est dit : tiens, on a des vacances, allons-y… », résume, fanfaron, Jean-Eudes Gannat quand nous le rencontrons à l'Alvarium. Selon une série d'articles parus dans Slate, plusieurs milliers de volontaires étrangers ont ainsi rejoint les rangs des combattants des républiques séparatistes de Lougansk et de Donetsk. Ils se sont d'abord dispersés dans une multitude d'unités, généralement par nationalité, comme le groupe franco-serbe Unité continentale, avant d'être repris en main par les autorités locales, courant 2015, sous la pression de Moscou. Cette guerre qui n'est pas la leur est vécue comme un entraînement pour un conflit à venir. La page Facebook d'Unité continentale, toujours active, professe aujourd'hui : « Renouons avec notre tradition française de l'esprit et de l'épée et forgeons dès à présent l'avenir. De l'Oural à l'Islande, un seul combat contre un ennemi commun », qui serait « l'européisme bruxellois qui voudrait annihiler toute souveraineté, dissoudre les nations dans un État unique contrôlé par la banque ». Manière de réactualiser le combat. Le site du mouvement d'Yvan Benedetti, Jeune Nation, publie également le manifeste du « projet international d'amitié et d'union proposé aux mouvements nationalistes et chrétiens d'Europe par le Mouvement impérial russe ». Le MIR, une organisation classée par les États-Unis comme terroriste, propose des stages de préparation au combat en Russie.

En 2015, la crise des réfugiés offre un nouveau lieu de convergence, un peu moins dangereux toutefois. À Lesbos, grande île grecque montagneuse située au large de la Turquie, un premier camp de réfugiés a ouvert en 2013 sur une ancienne base militaire. Il était prévu pour abriter 150 personnes une nuit ou deux, le temps de leur enregistrement. Sept ans plus tard, ils étaient près de 20 000, de 70 nationalités différentes, retenus depuis des années dans ce repli de terrain poussiéreux, à l'ombre des rares oliviers restants – les arbres ont été abattus pour se chauffer. Des milliers de tentes de plastique blanches et bleues y abritent des familles entières, derrière un long grillage cisaillé en maints endroits, qui n'empêche personne d'aller et venir. Les enfants jouent à travers le terrain vague, comme ils jouent partout ailleurs, du linge sèche sur les fils, des rigoles tapissées d'ordures sillonnent le site et, sur quelques poteaux de béton, on peut lire : « No ships to Athens, fake news… » Car il n'y a pas de départs du camp de Moria. Seulement des arrivées de bateaux pneumatiques fragiles et crevés qui s'échouent sur la plage, la nuit, à une dizaine de kilomètres de là.

Pour leur aide apportée aux réfugiés, les habitants des îles grecques, dont Lesbos, ont vu leur candidature déposée pour le Nobel de la paix, aux côtés de celles d'Angela Merkel ou du pape François. Ils n'ont pas été primés mais ont reçu comme lot de consolation le prix Nansen de l'UNHCR en 2016. Quatre ans plus tard, ils se sentent abandonnés par l'Europe, avec toute la misère humaine qui a reflué aux portes de leurs villages. Début mars 2020, le président turc Recep Erdogan, pour faire pression sur l'Union européenne, ouvre les frontières et laisse passer des réfugiés. Des centaines de bâteaux prennent la mer vers les îles les plus proches. À Lesbos, la rumeur court qu'on va ouvrir un nouveau camp. Des villageois en colère repoussent les embarcations, les empêchant d'accoster, au risque de provoquer naufrages et noyades. Des travailleurs d'ONG sont pris à partie. L'affaire fait la une de la presse internationale et des radicaux convergent de tous pays : antifas, qui viennent en soutien des exilés, fachos, au secours de la population insulaire. Ils se rencontrent dans les ruelles étroites des villages blancs, sur les sentiers côtiers battus par les flots, dans les champs d'oliviers où tout peut arriver, à l'abri des regards.

Deux militants de Génération identitaire, Clément Martin et Jérémie Piano, se font passer pour des étudiants en journalisme auprès de la population, et diffusent en ligne sur leur Facebook des reportages alarmistes, sous le titre : « Ils ont fait de la vie des habitants un enfer ». Sur son profil Facebook, Jean-Eudes Gannat fait également le récit de son voyage. Il aborde les habitants, traducteur Google en main, et se fait le héraut de leurs difficultés : sentiment d'insécurité, vols, colères. Une nuit de mars, le bâtiment d'une ONG est incendié. Un photographe français raconte que la route des plages est barrée par des jeunes armés de bâtons pour empêcher témoins et ONG de porter secours aux refugiés qui sont repoussés en mer, quelques mètres plus loin.

Un nationaliste allemand reconnaissable à ses cheveux roux, dont la présence sur l'île a été annoncée sur les réseaux sociaux, est tabassé par des militants d'extrême gauche. Un autre, un Irlandais, Rowan Croft – qui anime un site nationaliste baptisé Gran Torino –, est attaqué en direct alors qu'il se filme pour une vidéo YouTube. La caméra bascule et on n'entend plus que le bruit des coups, des grognements, des respirations hachées. Rowan Croft nous a raconté qu'il ne se considère pas comme représentatif de l'extrême droite, mais comme « un patriote inquiet de l'immigration massive et de son potentiel destructeur ». Sur son site, il classe les valeurs dans lesquelles il croit (intégrité, courage, etc.), et les phénomènes qui « affaiblissent le monde » : dévirilisation des hommes, pharisaïsme, culture de la victimisation et de l'excuse… À l'aéroport, sur le chemin du retour, il est de nouveau pris à partie.

Le 16 mars, le confinement commence en France, le 23, c'est au tour de la Grèce, on n'entend plus parler de crise migratoire, ni de rien d'autre que du Covid. Dans les camps de migrants, le confinement est prolongé, de mois en mois. Il était encore en vigueur quand le camp a pris feu, à la rentrée 2020. Mais les troupes de l'ultra-droite ont trouvé un nouveau terrain d'action.

« Il est évident que nous sommes en situation prérévolutionnaire, et ce n'est pas un rêve de gosse ou d'adolescent. »

Alain Soral

Mars, avril 2020. Dans la France confinée, les Renseignements territoriaux (RT), qui surveillent les mouvements et leur dangerosité, font remonter des informations. On y trouve de tout, des microphénomènes – dans une cité d'Île-de-France, les forces de l'ordre ont reçu des tomates – comme de l'analyse économique – le monde du BTP est prêt à reprendre le travail mais la filière bovine est à la peine. Les mouvements contestataires font, chacun, dans le même ordre et à chaque fiche, l'objet d'un petit chapitre à part. D'abord, l'ultra-gauche, dont les sites internet sont passés au crible. Puis l'ultra-droite. Et, enfin, les mouvements antispécistes et écologistes qui ont droit à un paragraphe à part. Plus court, toutefois.

De nombreux ultras se sont encore radicalisés en mots derrière leur écran pendant le confinement. Les pages Facebook les plus suivies, qu'elles soient attribuées à l'ultra-gauche, à l'ultra-droite ou aux ultra-jaunes, ont fait l'objet d'un minutieux examen. La première véritable alerte est survenue le 30 mars, lorsque le collectif « Lille insurgée » a appelé sur Facebook, dans une longue publication, à « l'action directe ». « Utilisant une sémantique très offensive, l'auteur livre une étude analytique sur les événements de voie publique récents faisant le constat d'un échec des modes opératoires (manifestations, stratégie black blocs, violences émeutières...) utilisés par la mouvance », lit-on dans une note du service central du Renseignement territorial (SCRT). « Lille insurgée » se félicite de la dynamique créée par les Gilets jaunes : « Si le mouvement des Gilets jaunes... et des black blocs a bien prouvé une chose, c'est que quand l'État tremble, il peut reculer. En décembre 2018, l'émeute avait un sens. Elle était inattendue et spontanée, d'où sa force. Aujourd'hui, elle est attendue et donc contenue. Il faut trouver d'autres moyens. » Et les services de renseignement de tirer cette conclusion, le 31 mars : « Cet appel à "basculer" doit être pris en considération. Il peut constituer les prémices d'une montée en puissance d'actes de subversions violentes. » Des infrastructures de télécommunications seront visées dans les semaines suivantes, des antennes relais dégradées et des câbles de fibre optique sectionnés.

Le 7 avril, les RT notent que l'ultra-droite, pour l'instant, concentre ses critiques sur la gestion de la crise sanitaire. Yvan Benedetti compare Emmanuel Macron à un général d'opérette dont les troupes seraient composées d'infirmières équipées de protections en papier.

Ailleurs, le champ lexical est plus sanglant. Sur le site d'Alain Soral, la période est considérée comme prérévolutionnaire : « Cela ne se fera pas en un jour, mais tous ceux qui nous ont foutus dans la merde sont déjà sur la liste noire, celle des condamnés à mort médiatico-politique. » Le site de la Ligue du Midi prévient : « La France est une cocotte-minute et Macron fait monter la pression. On s'attend à la brutalité d'une mutinerie sanglante »... Quant à Dieudonné, il s'en prend au directeur de *Marianne* qui l'a accusé de capitaliser sur les peurs en vendant des masques chirurgicaux, et le traite sympathiquement selon les RT d'« enculé de juif négrophobe ». Les Identitaires fustigent les comportements déviants dans certaines banlieues, considérant que « le confinement n'est pas le même pour tout le monde ».

Les RT notent que, globalement, les sympathisants de l'ultra-droite continuent de contester le confinement, résultat du manque de préparation des « technocrates » de l'État. La politique du gouvernement est jugée volontairement « anxiogène », visant à culpabiliser et à manipuler les Français. Certains craignent que cette angoisse se traduise par l'acceptation de mesures sécuritaires et policières encore plus fortes.

Début avril, la procédure de traçage numérique commence à être pointée du doigt comme une atteinte aux libertés individuelles. Novopress relaie un article du site Boulevard Voltaire, intitulé « traçage numérique : bientôt des affiches indiquant que Macron vous regarde ? ». L'auteur, qui estime que « les situations de crise sont toujours propices aux atteintes à la liberté individuelle», craint que les gouvernants soient tentés par un contrôle de la population, au nom de leur «protection nécessaire».

Le 17 avril, pour toute la mouvance contestataire de droite comme de gauche, la crise sanitaire, ses effets, sa gestion sont autant d'arguments en faveur de la remise en cause du «système» qui, espèrent-ils, vit ses derniers jours. Les premiers appels à manifester se font entendre. On refuse un «retour à la normale». On ne veut pas revenir «comme avant». L'ultra-droite se prend à rêver de fermeture des frontières et de repli national. Des ultra-jaunes, difficiles à classer politiquement, appellent à des mobilisations «sans attendre la date annoncée du déconfinement». Le complotisme revient en force, et on rêve en ligne de guerre civile… Pour certains, le confinement n'est que l'œil du cyclone. «La véritable crise commencera après, lorsque les Français seront touchés au portefeuille.» L'annulation de la dette de l'Afrique fait réagir au sein de la mouvance ultra. Le 15 avril, la communauté du Menhir, regroupant des militants radicaux bordelais, publie sur Facebook une photographie présentant des individus masqués effectuant une maraude en faveur des sans-abri, sous le slogan «les nôtres avant les autres». Dans son éditorial de *Rivarol* daté du 28 avril, Jérôme Bourbon déplore: «Le confinement n'est pas seulement physique, matériel, il est mental et spirituel.»

Des appels fleurissent: «Après le 11 mai, sortons dans la rue!» Les RT analysent: les mouvances contestataires radicales espèrent tirer profit de la crise sanitaire, comme elles l'avaient fait de la crise des Gilets jaunes.

Novopress regrette l'état de soumission de la France. « La France confinée, c'est la France que préfère Emmanuel Macron : celle qui accepte tout, se soumet à tout, gobe tout et en redemande. (...) La France des Gilets jaunes se révoltait. La France confinée est déjà mûre pour une longue servitude. » Égalité et Réconciliation appelle de ses vœux le réveil de la conscience citoyenne. Sur le réseau social russe VK, très prisé des nationalistes, Hervé Ryssen encourage à manifester : « Si on se met tous d'accord, on peut effectivement redescendre dans la rue. Mais cette fois-ci, sur une base patriote, avec des slogans patriotes, afin qu'il n'y ait aucune méprise. »

Les Renseignements craignent la convergence des colères, comme c'est le cas en Allemagne où ont lieu, mi-avril, des manifestations contre les restrictions pour lutter contre l'épidémie de Covid-19 réunissant des militants d'extrême droite et d'extrême gauche ainsi que des personnes inquiètes d'une limitation des libertés publiques, ou des opposants aux vaccins – et un jour au masque.

Début mai 2020, deux thèmes fédérateurs émergent : le soutien au corps médical, considéré comme maltraité par les pouvoirs publics, et les violences policières. Les Français battent le pavé pour l'Américain George Floyd, mais aussi en mémoire d'Adama Traoré. L'État est à nouveau accusé d'avoir laissé, week-end après week-end, les manifestants se faire « massacrer ». « Les Gilets jaunes poursuivent sur les réseaux sociaux leurs nombreuses théories complotistes ainsi que les critiques acerbes du gouvernement », écrit le renseignement territorial. L'ultra-droite, elle, peaufine sa stratégie. Les mouvements d'inspiration nationaliste-révolutionnaire réfléchissent au meilleur moyen de faire entendre leurs voix. Avec toujours cet impératif de ne plus apparaître frontalement comme des petits groupuscules fachos, mais de fédérer, de s'afficher comme « de simples citoyens en colère, voire des Gilets jaunes ». Une confusion savamment entretenue des genres et des idées, une ébullition hautement toxique, le grand bouillon en ligne de l'ultra-droite dans lequel se trempent jour après jour des esprits enfiévrés.

15 décembre 2019

À l'issue d'une manifestation organisée par Action française, une quarantaine d'individus au visage masqué, portant des barres de fer, des battes de baseball ou des matraques, attaque des bars dans le centre-ville du Mans. La marche d'Action française avait reçu le soutien du candidat du Rassemblement national pour les municipales, Louis de Cacqueray-Valmenier, oncle du jeune leader supposé des Zouaves parisiens. Cinq jeunes hommes de 18 à 29 ans, venus de région parisienne, de Bretagne ou d'Angers, sont interpellés. Certains d'entre eux doivent être jugés en novembre 2020.

> *« c'est bien que les jeunes affirment leur identité et refusent le programme etabli pour eux par le NWO. en effet, le metissage et le "multiculturalisme", ca fait desordre et ca n'apporte que la guerre. lutter contre cela, et pour la sauvegarde de l'occident blanc et chretien est un devoir pour tout europeen de souche »*
>
> Forum de jeux vidéo,
> sur un fil de discussion consacré aux désordres
> commis chaque week-end par les gabberskins

Chauny, petite ville de l'Aisne dont la page Wikipédia affiche un long paragraphe « famines et désastre », compte 11 000 habitants. Lors de l'élection présidentielle de 2017, Marine Le Pen y devançait tous les candidats, au premier comme au second tour. « Un tien avec un capiot (expression chtie, un chien avec un chapeau, autant dire n'importe qui) parachuté par le RN y raflerait sans effort toutes les voix », commente Stéphane François, docteur en sciences politiques et historien des idées, qui est né ici et y a étudié pendant presque dix ans les mœurs de sa jeunesse furieuse et désenchantée, les gabberskins.

Tout commence en terrasse d'un café du centre-ville. Le chercheur voit passer une adolescente vêtue d'un t-shirt à l'effigie du Stormfront, un forum suprémaciste néonazi américain. Intrigué par cette référence américaine pointue, apparue comme une aberration entre les bâtisses étroites de brique rouge de l'ancienne cité ouvrière, le chercheur commence une enquête, publiée partiellement dans les *Cahiers de psychologie politique* sous le titre « Réflexions sur le mouvement gabberskin – Une première approche sociologique ». Ou comment la jeunesse vient à l'ultra-droite, une histoire picarde.

La musique gabber est une électro hardcore, ultra-rythmée, agressive, transgressive – et festive. On écoute du gabber en prenant de l'ecstasy ou du speed. Née au Benelux dans les années 1990, cette scène cathartique se conjugue avec un engagement politique : il y a des gabbers d'extrême gauche, et d'autres d'extrême droite, les gabberskins, qui commettent des actes racistes et sont surveillés par la police. *Gabber* signifie « ami » en néerlandais, et vient lui-même d'un mot yiddish, ce qui n'est pas sans ironie.

Par imprégnation, la musique gabber, d'abord dépourvue de connotation politique, s'est diffusée dans le nord-est de la France. Il n'y a pas, en France, de clubs diffusant du gabber. Les jeunes vont faire la fête le week-end dans des boîtes de nuit de l'autre côté de la frontière, où ils nouent des relations avec des gabbers belges, politisés de longue date. Ils entrent en politique par la contre-culture. La mécanique est proche de celle du hooliganisme : la musique, comme le foot, est à la fois un vecteur de rapprochement et de défoulement pour des jeunes en colère, et il devient par là même un motif d'embrigadement et de formation politique. « La haine parfois rapproche », note Stéphane François.

Chauny et ses environs, vieille région industrielle touchée de plein fouet par la dernière vague de désindustrialisation, ont longtemps été un bastion communiste, socialiste et cégétiste. Mais dès le milieu des années 1980, ils ont évolué vers le Front. Jean-Yves Camus explique comment l'abandon des références ouvrières par les partis de gauche, qui se sont tournés vers les classes moyennes, a permis au Front national de revendiquer le rôle de porte-parole des Français les plus fragiles, en substituant au marqueur identitaire de classe, celui de race. Les gabberskins de Picardie sont peut-être 300, aux trois quarts mineurs, encore collégiens pour certains. Tous viennent de familles défavorisées. Contrairement aux punks et aux skinheads des années 1970 et 1980, ils ont hérité leurs idées racistes de leurs parents. Les thèses identitaires leur sont familières. Ils assimilent la population maghrébine à la délinquance, et l'immigration à la colonisation. La pauvreté endémique et les difficultés économiques et sociales rencontrées par leurs familles renforcent un sentiment de victimisation et permettent chez ces adolescents la naissance de l'idée de « racisme anti-blancs ». Au début des années 2010, ils font la une des journaux locaux par leurs violences, couvrant des lieux de culte de tags racistes, de « mort aux youpins, aux négros, aux arabes ». « Tonton Hitler », lit-on aussi à l'occasion. Ils ont le look de l'ultra-droite : treillis ou jean droit, vêtements Lonsdale, Fred Perry ou de la marque néonazie Thor Steinar, croix celtiques et tatouages à l'avenant.

Les gabberskins refusent pourtant d'être appelés skins ou nazis, et se décrivent plus volontiers comme nationalistes. Leur culture est faite d'emprunts, glanés ici et là, comme le prouvent les lettres DOC qu'ils taguent parfois. Cet acronyme de Disciples of Christ a en réalité été inventé pour les besoins du film *American History X,* qui raconte le parcours de deux frères néonazis. Le personnage principal portait ce tatouage… Comme des apprentis gangsters qui regarderaient *Le Parrain*, *Scarface*, ou plus récemment *Gomorra*, pour apprendre comment se conduire, ils regardent la télé et s'imbibent d'un fatras de références.

La violence xénophobe qui s'est emparée des enfants de Chauny reflète mieux que toute autre le malaise de notre époque et la fragilité d'une jeunesse livrée à elle-même, sans espoir et sans projet. Une jeunesse à prendre, cible de choix pour les groupuscules d'ultra-droite qui ont multiplié vers eux les mains tendues. Les gabbers se sont laissé approcher et ont fini par rejoindre le RN, Génération identitaire, ou Troisième Voie, le mouvement de Serge Ayoub. Esteban Morillo, né ici, condamné en première instance pour violence volontaire ayant entraîné la mort de Clément Méric, était un gabberskin. Le procès est toujours en appel.

Aujourd'hui, le phénomène gabber, comme toute la mouvance skin, s'est affaibli. Depuis la mort du jeune antifa, les magistrats ont décidé de taper fort, des peines plancher ont été appliquées pour tous les actes antisémites, tous les tags, toutes les agressions. Découragés, ils se sont faits plus discrets. Les croix celtiques et les aigles impériales se sont faites moins voyantes. « Mais l'idéologie est toujours là, assure Stéphane François. Le coin suinte le racisme. » Lui dont la femme est kabyle raconte avec colère avoir été accueilli, dans un village de sa région, par un « et comment vont tes petits bougnoules ? ».

Pour le chercheur, on a assisté à l'apparition d'une troisième génération de la haine, avec des enfants élevés par des parents néonazis. Des parents souvent très jeunes, dans cette région de « bébés poussettes », où beaucoup de jeunes filles deviennent mères dès l'adolescence. Lorsqu'il a voulu acheter une voiture d'occasion, une vieille familiale, il y a trouvé un sticker du Stormfront. « Il y a un lien entre nos skins des champs et les suprémacistes blancs américains. » Une communauté de pensée, un nuage idéologique fait de bric et de broc, cimenté par la conviction qu'ils ont tous d'être des « victimes du système ». « Ils se vivent comme des "rebelles blancs". »

Au milieu des années 2000, on assiste à travers tout le territoire à une légère baisse de la violence de rue chez les ultras. Les mouvements identitaires ont tenté d'encadrer l'appétence de leurs troupes pour la confrontation en proposant des cours d'autodéfense, des sports de combat, des activités collectives. La Citadelle, le bar identitaire de Lille, dispose ainsi d'une salle de boxe. Philippe Vardon, qui est un ancien skin, Fabrice Robert, ancien du GUD et fondateur du Bloc identitaire (qui deviendra Les Identitaires en 2013), savent bien qu'il faut trouver une issue à la violence. Mais leurs tentatives font long feu. Depuis 2017-2018, dit le chercheur, « on constate un retour volontaire à la violence de rue, et un retour des rixes ». Les jeunes veulent en découdre ailleurs que sur le tatami. À la sauvage.

8 novembre 2019

Dans la soirée, le chant « Maréchal, nous voilà » s'élève sur les enceintes de la gare de Dijon-Ville.

Un jukebox connecté est installé depuis peu dans la salle d'attente. Il donne la possibilité aux voyageurs de choisir, via leur smartphone, le titre qu'ils veulent écouter parmi quarante millions de chansons. Il possédait également une fonction recherche… qui a été désactivée depuis.

« Mon arrière grand-père était le premier noir d'Auvergne. »

François Bel-Ker,
secrétaire général d'Action française

Le 30 octobre 2019, l'ancien président François Hollande intervient à la Sorbonne. Il présente son livre d'entretiens, *Répondre à la crise démocratique*. Des centaines d'étudiants font la queue dans la rue pour assister à la conférence. Avec un peu de retard, tout le monde s'installe dans la belle salle boisée, en amphithéâtre. Juste avant qu'il prenne la parole, deux jeunes gens, au premier étage, remontent un foulard sur leur nez, appuient sur des klaxons et jettent sur la foule des tracts d'Action française. Ils déploient un grand drapeau bleu portant la fleur de lys en criant : « À bas la République ! »

Étonnés, les étudiants cherchent un moment du regard la source du désordre, avant de trouver les agitateurs qui finissent par sortir, escortés par des vigiles impassibles. « S'il vous plaît, Messieurs. » Françoise Hollande sourit : « Tiens, Action française a interrompu un débat qui n'avait pas encore commencé. » Les étudiants se marrent

– mais ça ne les empêchera pas, plus tard, d'interroger avec sérieux l'ancien président : cette crise que vous dénoncez, n'y avez-vous pas quand même participé, vous qui étiez aux commandes ?

Nous rencontrons le secrétaire général d'Action française, François Bel-Ker, dans les vastes locaux du siège. C'est un vieil immeuble au hall frais et à la peinture écaillée du 2e arrondissement de Paris. Dans l'entrée, on est accueillis par une photo du prétendant orléaniste, Jean d'Orléans, comte de Paris, et celle d'un des trois fondateurs, Charles Maurras. Car Action française est maurrassienne avant même d'être royaliste. Le maurrassisme est un curieux mélange idéologique, un nationalisme monarchique qui s'oppose tout à la fois à la résistance, au collaborationnisme et aux Allemands, porté par le talent de plume et de polémiste d'un penseur qui exerça une fascination sur nombre d'intellectuels de la seconde moitié du XIXe siècle. Action française était « la principale force d'opposition à la Troisième République et son journal d'une qualité intellectuelle et stylistique qui faisait qu'il était lu bien au-delà du mouvement de Maurras », explique Robert Kopp dans *La Revue des deux mondes*. Beaucoup d'écrivains français ont subi, à un moment ou à un autre, l'attrait de Maurras. Des noms de sympathisants d'une heure ou d'un quart de siècle, c'est selon, que le mouvement cite à foison, comme pour prouver qu'Action française n'est pas et n'a jamais été un mouvement d'extrême droite réactionnaire et antisémite. À coups de Proust, de Lacan, du général Leclerc, de Gide ou de Malraux, pour n'en citer que quelques-uns, François Bel-Ker tente de faire oublier que le mouvement est né d'abord furieusement antisémite, antiprotestant, et anti-« métèque ».

François Bel-Ker, chemise blanche et pull gris, bientôt 40 ans, a un visage solide, le regard brun et des épaules de boxeur qui tendent le tissu de ses vêtements – son surnom, chez les scouts d'Europe, était Bœuf, ou la Bûche. Il a une grand-mère italienne et un de ses grands-pères, le colonel Gaspard, était le responsable du maquis d'Auvergne. Si l'on remonte plus haut, on trouve le père du colonel Gaspard, esclave touareg dans les mines de sel en Algérie. À la veille de la Première Guerre mondiale, la France promet la liberté à ceux qui rejoignent l'armée, le jeune Touareg s'engage en 14. Blessé à Verdun, il tombe amoureux de son infirmière, l'épouse et s'installe avec elle près de Clermont-Ferrand. La famille est à gauche, le père de Bel-Ker, maoïste. Le jeune homme s'intéresse tôt à la politique mais dans son petit village, il ne sait vers qui se tourner. À 15 ans, il adresse un courrier à plusieurs mouvements pour savoir qui propose des formations politiques : maurrassiens, trotskistes, anarchistes de la CNT de Clermont-Ferrand lui répondent. Après le bac, Bel-Ker commence des études de génie civil et milite un temps à la CNT. Mais Action française offre un cycle de deux ans de formation. Il s'y inscrit en 1998, se promettant de ne pas devenir royaliste. À l'aube du millénaire, il est un monarchiste convaincu.

Dans une salle de conférences à la moquette gondolée, dont les hautes fenêtres donnent sur une rue calme baignée d'un froid soleil d'hiver, des chaises pliantes sont rangées contre le mur, en attente de la prochaine intervention. Des particules de poussière flottent dans l'air matinal. Sur une console, le drapeau de l'association est exposé, fleur de lys dorée sur bleu royal. Nous l'avons aperçu quelques jours plus tôt, brandi ou drapant le corps de militants, à l'occasion d'une manifestation des Identitaires contre le « péril islamique ». François Bel-Ker le nie immédiatement : consigne était donnée de ne pas participer. Mais ses troupes sont turbulentes, Action française accueille une jeunesse pas toujours facile à canaliser. Il nous montre un autre drapeau ; n'était-ce pas plutôt celui-là ? L'ancien ? Non. C'était bien le nouveau. Avec un léger froncement de sourcils, il le replie. Contrariété réelle ou petite comédie ? L'écart est grand, parfois, entre la ligne revendiquée et la réalité.

Ainsi de l'antisémitisme originel du mouvement. Action française, lorsqu'elle est interrogée par la commission d'enquête sur les groupuscules d'extrême droite à l'Assemblée nationale, récuse les deux termes, groupuscule et extrême droite. Elle se définit comme un laboratoire d'idées tourné vers la formation intellectuelle de la jeunesse, et se positionne officiellement contre le racisme et l'antisémitisme. François Bel-Ker, qui a une citation de Maurras prête pour chaque occasion, en dégaine une dizaine. Il a fort à faire pour déminer le terrain car Maurras était un fervent partisan de l'antisémitisme d'État – que Bel-Ker aimerait bien qu'on traduise par « anticommunautarisme ». Le mouvement s'en serait détourné dès les années 1950.

La tâche est d'autant plus ardue pour le secrétaire qu'il y a eu scission il y a quelques années et qu'un autre groupe a repris le nom. Cyriaque de Vulpillières, ancien responsable de la section parisienne, et Elie Hatem, qui n'était pas adhérent mais collaborateur de leur journal, ont formé un mouvement dissident qui diffuse des interviews d'Alain Soral (également orateur d'une université d'été de la branche officielle dans les années 2000, mais avec lequel Action française, l'originelle, assure avoir coupé les ponts). La maison mère a engagé des poursuites et, en attendant, publie des communiqués répétant qu'elle condamne toute forme de racisme.

Action française, qui est à la fois un mouvement, sous le nom officiel de Centre royaliste d'action française, et un parti, nommé La Restauration nationale, se veut en dehors du jeu des partis. « On ne se déclare pas de droite ou d'extrême droite », affirme le secrétaire général. D'après une étude interne réalisée en 2009, sur ses 1 700 adhérents, seuls 5 % étaient issus de la droite libérale. « On estime qu'un tiers des membres étaient apolitiques avant de nous rejoindre, un tiers vient de l'extrême droite et de la droite nationaliste, et le reste de la gauche souverainiste, que ce soit le Parti des travailleurs, NPA, ou les chevènementistes. » Ce qui les rassemble, c'est leur souverainisme et leur antilibéralisme économique et social. Lors des dernières présidentielles, ils ont appelé à voter pour l'un des quatre candidats souverainistes : Le Pen, Asselineau, Dupont-Aignan ou Mélenchon. Le mouvement se développe depuis 1992, avec le combat contre l'Europe de

Maastricht, et a enregistré une nouvelle progression en 2012-2013, au moment du mariage pour tous. « On a créé le Printemps français après la Manif pour tous, pour aller au-delà de nos propres troupes. Au final, la Manif pour tous, c'est un échec. Quand on est un million ou 1,5 million de personnes dans la rue, et qu'on n'arrive pas à peser sur le plan législatif, c'est un échec. » Action française revendique aujourd'hui 3 000 adhérents, relativement jeunes. Ils publient des périodiques, animent des conférences, des cercles de formation, des camps d'été, diffusent ouvrages et brochures. Condamnant férocement le présidentialisme à la française, la démocratie au niveau national, et l'absence de scrutin proportionnel à l'Assemblée – « finalement, pourquoi avoir peur du peuple ? » –, ils souhaitent le rétablissement d'une monarchie fédérale, décentralisée, offrant une large autonomie aux régions et, paradoxalement, une plus grande part à la démocratie directe. « Quand on vote pour son maire, on sait ce qu'il va faire. Il n'a pas besoin d'une étiquette politique. Aujourd'hui, quelles sont les prérogatives du président de la République ? Il a à peu près tous les pouvoirs. Dans une France décentralisée, où il y aurait des parlements régionaux, on aurait de réels contre-pouvoirs. Quand le Parlement de Bretagne faisait remontrance au roi, le roi ne pouvait rien faire contre le Parlement de Bretagne. » La royauté, se situant dans un temps long, serait seule capable de remettre le bien commun au centre de l'échiquier. Libéré de la préoccupation de durer, le souverain pourrait penser réformes et mesures pour le bien commun, et non pour des raisons populistes. (On demande en quoi un souverain peut se sentir libéré du désir d'être aimé, mais nous n'aurons pas ici la réponse.) Cela, c'est pour l'horizon d'une restauration. Action française estime aussi que royauté et christianisation vont de pair. Le baptême de Clovis est vu comme un acte fondateur de la nation, la culture est forcément chrétienne, tout autre apport semble passé aux oubliettes, et notre époque apporte avec elle une perte d'enracinement, une perte de sens.

Mais Action française n'est pas seulement un parti nostalgique. Elle se positionne sur chaque grande question politique et a placé dans l'administration des cadres formés par le mouvement. François Bel-Ker revendique un réseau de préfets, de ministres, de directeurs de cabinet, membres ou sympathisants, dont il ne veut pas donner les noms, « de grands serviteurs de l'État ». Tout se joue en coulisses. « Nous avons par exemple préparé quelques dossiers pointus sur les Gilets jaunes, qu'on a envoyés et qui ont été repris à leur compte par Éric Zemmour ou Michel Onfray », assure-t-il. Ils sont pour l'écologie (« Nos prétendants ont toujours travaillé cette question »), contre l'Europe, contre le libéralisme sous toutes ses formes, économique ou sociétal, pour la francophonie, et contre l'immigration (« un danger pour la France »). La remigration, sous les habits plus convenables d'« accords bilatéraux avec les pays d'origine », est finalement souhaitée ici… autant que chez Renaud Camus. Bel-Ker revient à son histoire familiale, qui devrait l'exempter de tout soupçon. Il pense qu'on peut devenir français, ses ancêtres l'ont fait

– mais par le sang versé. Ce qu'il dénonce, c'est l'absence de modèle intégrateur. Les Français ne sauraient plus qui ils sont. Et leurs élites, poursuivant leur rêve de mondialisation heureuse, ne les comprendraient plus. « La France manque d'incarnation. La première fois où les Français de ma génération se sont réjouis tous ensemble, c'était pour la Coupe du monde de 1998, ce qui est relativement triste. » Il croit bien sûr dans la thèse du grand remplacement et affirme que l'identité de la France est menacée, par l'immigration, mais surtout par le désamour des élites pour leur pays. L'âme de la France serait en danger.

Le camp d'été annuel, ou université d'été, est baptisé Maxime Real del Sarte, du nom d'un sculpteur, mutilé de guerre et fondateur des Camelots du roi, les vendeurs du journal de l'association qui faisaient aussi office de service d'ordre jusqu'en 1936, date à laquelle ils sont dissous après avoir attaqué Léon Blum. On y trouve un large panel d'intervenants, qui va de Patrick Buisson à Michel Onfray. L'événement dure huit jours et rassemble environ 250 jeunes – cela en fait, et de loin, le camp d'été le plus important de toute l'ultra-droite – entre 18 et 25 ans, autour de conférences et d'ateliers. Le premier jour, ils remplissent un questionnaire qui permet aux organisateurs de les classer par niveau en fonction de leurs connaissances. « Militer, c'est intégrer un groupe », explique Bel-Ker. Le mouvement propose, en plus du camp, trois à quatre événements chaque semaine, qui vont du tractage à la pratique de sports collectifs (footing, sports de combat), sans parler des conférences ou des repas.

L'extrême droite est source de violence, mais elle en est aussi la cible, soulignait Jean-Yves Camus. Stéphane François ne dit pas autre chose au sujet des gabberskins. Et François Bel-Ker nous le confirme. Le 13 mai 2017, Action française fait face à un incident. Entre 19 heures et 19 h 30, deux cents personnes ayant participé à un colloque sur le thème du bien commun se trouvent sur le trottoir devant l'entrée de la salle, au 17 rue de Cléry, quand une cinquantaine de « gauchistes casqués et armés de diverses matraques », selon une source présente sur les lieux, déboulent de la rue Réaumur. L'attaque dure deux minutes. « Face à cette attaque, avez-vous riposté ? » demandera la police. « Face à cette attaque, nous nous sommes défendus », répondra le porte-parole.

Un événement isolé ? Pas vraiment. Les agressions se succèdent depuis des mois. « Ce sont les mecs des Renseignements qui nous ont appelés après le colloque, nous assure Bel-Ker. Ils nous ont dit qu'il valait mieux porter plainte parce qu'en face, il y avait un gars qui était tombé dans le coma suite à la bagarre… » En effet, les services de renseignement surveillent attentivement la guerre entre Action française et l'extrême gauche. Deux semaines plus tôt, le 5 mai 2017, de bon matin, une vingtaine de personnes avaient attaqué les locaux d'Action française. Les assaillants étaient organisés et bien informés : ils avaient franchi sans dégradation les deux portes d'entrée de l'immeuble, pourtant protégées par un digicode et un interphone. Les agresseurs n'avaient cependant pas réussi à forcer le siège social et avaient été contraints de prendre la fuite le plus rapidement possible, prenant toutefois le temps de couvrir la porte d'autocollants : « Refugees welcome, fascists go home ».

Quatre jeunes seront finalement interpellés et embarqués. Quelques heures plus tard, le groupe antifa Paname Offensive publie un message sur Facebook : « 4 camarades interpellés suspectés par la police d'avoir tenté de s'introduire dans le local de l'AF (...) Relâchés 1 h 30 après. » Après ouverture d'une enquête, la plainte d'Action française sera finalement classée sans suite. Motif : « Les preuves ne sont pas suffisantes. » Un résultat étonnant. Selon un témoin direct de la scène, les Renseignements avaient placé un camion de surveillance en face de l'entrée du siège. Ce témoin affirme même être monté à l'arrière afin d'identifier les agresseurs derrière la vitre sans tain. Les RT savaient-ils qu'Action française allait subir une attaque ou avaient-ils disposé leurs hommes en amont pour surveiller les velléités contestataires, qu'elles soient d'ultra-droite ou d'ultra-gauche ?

Action française est une cible de choix. Le 9 avril 2016, une soixantaine de lycéens de Paris, membres d'Action française, se réunissent dans un restaurant Flam's, dans le 1er arrondissement de la capitale. Vers 21 heures, un groupe attaque le restaurant, s'en prend à la terrasse et aux quelques personnes se trouvant à l'étage, sans toutefois parvenir jusqu'au sous-sol où ont été installés les militants. À Marseille, c'est une guerre de local qui se joue rue Navarin, dans le 6e arrondissement, où depuis septembre 2014 est implantée l'Aspic, une association qui fait officiellement la promotion du sport et de la culture provençale. Cette association est en réalité gérée par des membres d'Action française, qui sont vite identifiés par l'extrême gauche locale. Un collectif, Nosotros, placarde ainsi régulièrement des affiches dans la rue : « Pas de fachos dans notre quartier ». Le 31 juillet 2017, la présidente du syndic de l'immeuble appelle en catastrophe le trésorier de l'association. Une grenade artisanale a explosé et fait de minces dégâts. Trois cartouches seront également retrouvées sur le sol. « Certains de nos militants sont obligés de faire des roulements et de dormir dans nos locaux pour prévenir tout acte d'agression. » L'Aspic est d'ailleurs l'un des premiers financeurs de l'ouverture de la section marseillaise d'Action française – par laquelle a transité quelque temps le jeune Logan Nisin.

Les militants considèrent que la répression policière monte en puissance depuis Gênes, en 2001. François Bel-Ker, dont la femme travaille à Alliance Vita, un mouvement qui lutte contre l'avortement, l'euthanasie, le mariage et l'adoption pour les couples gays (dont le délégué général est Tugdual Derville, un des porte-parole de la Manif pour tous, orateur de la conférence à la Catho d'Angers), était en garde à vue à la naissance d'un de ses enfants, après avoir été interpellé en marge de la manifestation des Veilleurs, mais n'a pas été déféré… Il soupçonne aussi d'avoir été l'objet d'interception judiciaire. « Quand on a fondé le Printemps français, on s'était mis d'accord pour dire qu'on allait investir les locaux du PS.

J'ai été interpellé dans la nuit et il y avait 40 cars devant le PS. » Délire complotiste ou clairvoyance ?

« L'ultra-gauche, ce sont les idiots utiles du gouvernement », commente Bel-Ker, qui les rend responsables de l'échec du mouvement des Gilets jaunes. « Il y avait là, dans l'effervescence des débuts, le potentiel d'une véritable révolution… »

Lorsque nous partons, il nous annonce un événement à venir : une manifestation contre la cession d'un fleuron de l'industrie française à un groupe étranger. Ils ont été informés par une « source ». Si l'information est vraie, ils comptent aller manifester, à Toulouse.

Quelques jours plus tard, l'information sort, ils avaient vu juste. Le groupe aéronautique Latécoère a été cédé au fonds américain Searchlight. Une poignée de militants ont squatté le toit de l'usine pendant trois heures avant d'être délogés par la police, qui a procédé à une douzaine d'interpellations.

Bien informés, ils ont pourtant du mal à compter.

« Tu vois, ami, l'homme blanc a toujours été un bâtisseur. »

Yvan Benedetti

En 2010, le Front national s'engage dans une stratégie de dédiabolisation qui le conduit à rayer, ostraciser, exclure et effacer des pans entiers de son histoire et de ses soutiens. C'est ainsi qu'Yvan Benedetti, une figure phare de l'ultra-droite, défenseur d'un néofascisme à la française, négationniste et violent, entre dans l'ombre. Après avoir passé dix ans au FN, été élu conseiller municipal à Vénissieux et avoir dirigé la campagne de Bruno Gollnisch, il est exclu du parti à l'arrivée de Marine Le Pen. Il ne cesse pourtant pas de s'agiter. Son cousin, le journaliste d'investigation Philippe Pujol, prix Albert-Londres, lui consacre un livre, *Mon cousin le fasciste*, dans lequel il tente de raconter, au plus près, son parcours.

Yvan Benedetti, porte-parole du Parti nationaliste français, carrure solide, la cinquantaine et le cheveu dru et court – mais pas rasé, le détail a son importance –, connaît son histoire de France sur le bout des doigts et s'inscrit dans la longue tradition des ligues, interdites, dissoutes ou auto-dissoutes puis renaissantes, en ligne directe des années 1930. Il exerce une certaine autorité morale sur la jeune garde qui l'entoure. Quand nous le rencontrons dans une brasserie du 13e arrondissement de Paris, proche du local de l'Œuvre française, en plein quartier chinois, il nous fait remarquer, puisque nous ne mangeons pas de viande, qu'« Hitler aussi était végétarien ». Les plats ne sont pas encore arrivés qu'il nous a entrepris des thèses de Faurisson sur le « mensonge » de la Shoah. C'est une véritable obsession. Il nous demande, faussement ingénu : « Je ne vois pas pourquoi ça fâche tout le monde, que la Shoah n'ait pas existé. C'est plutôt une bonne nouvelle pour l'humanité, non ? Ce serait vraiment horrible, cette histoire, n'est-ce pas ? » Il ne dira pas autre chose lorsqu'il sera entendu par la commission d'enquête parlementaire sur l'extrême droite. Benedetti cherche le scandale. Quand la présidente de la commission lui demande solennellement de prêter serment de dire la vérité, il répond : « Je lève avec grand plaisir la main droite, ce que je fais assez souvent. » Plus tard, il tient des propos négationnistes. « Vous reconnaissez le chiffre de 6 millions de juifs morts ? » lui demande-t-on. « Non bien sûr que non, c'est complètement pipeau », répond-il immédiatement. Le négationnisme est interdit depuis la loi Gayssot. Petit hic : puisque l'audition a lieu à huis clos, ses propos ne sont pas publics et les parlementaires ne peuvent donc pas le faire condamner. Ils contournent ce problème en publiant sur le site de l'Assemblée, pour quelques heures, un extrait de l'audition. La voici désormais publique, et ils portent plainte. On ne peut manquer de s'interroger sur l'efficacité du procédé. Yvan Benedetti, provocateur devant l'éternel, cherchait-il autre chose ?

Pour comprendre Yvan Benedetti, il faut connaître Pierre Sidos, son maître à penser. Car s'il a commencé sa formation politique au sein du mouvement de scoutisme Europe jeunesse, qui dépendait de la Nouvelle Droite, il a vite rejoint l'Œuvre française, créée par Pierre Sidos en 1968. Et ne l'a plus quittée. Il y reprend des fonctions après son éviction du RN, et en assure la présidence depuis 2012. Un ancien du mouvement, repenti, raconte que Benedetti était, dès les années 1986-87, considéré par tous comme l'héritier, le fils spirituel de Sidos.

Pierre Sidos, mort en septembre 2020 à 93 ans, était un homme discret qui a passé une partie de sa vie entre clandestinité et détention, et le reste dans l'ombre. Une interview parue dans la revue *Charles* permet d'éclairer l'homme.

Pierre Sidos grandit dans une Europe marquée par la montée des fascismes : Mussolini, Franco, Hitler émergent. Fasciné par cette promesse d'un ordre nouveau, il rejoint en 43, à 16 ans, la jeunesse franciste de Marcel Bucard, un mouvement scout collaborationniste. Son père, militaire de carrière, est haut fonctionnaire sous le régime de Vichy et est un proche collaborateur du député de Gironde, Philippe Henriot, qui deviendra par la suite secrétaire d'État à l'Information et à la Propagande. En 1944, il est inspecteur général du maintien de l'ordre auprès de Joseph Darnand, le chef de la Milice.

Après la guerre, l'homme, sa femme, et les aînés de ses enfants, qui sont encore mineurs, sont emprisonnés. De mai 1945 à janvier 1946, le père et deux de ses fils partagent leur cellule, en attente de leur procès. Sidos père restera convaincu qu'il a fait ce qui était juste : servir l'État français. Il est condamné à mort et transféré directement après son jugement. Ses fils ne le reverront pas vivant. « Mon père est mort sous les balles françaises en criant Vive la France », raconte son fils soixante-dix ans plus tard. Pierre Sidos, âgé de 19 ans, est quant à lui condamné à cinq ans au Struthof, le seul camp de concentration présent sur le territoire français, devenu à la Libération un centre de détention pour prisonniers de guerre et collaborateurs. Environ 2 000 personnes y seront détenues. Son frère aîné est condamné à dix ans. Sidos revendique avoir redessiné, pendant cet emprisonnement, la croix celtique qui deviendra l'emblème de tous les mouvements d'extrême droite d'après-guerre.

Il est libéré en 1949 et crée bientôt, avec son frère, le mouvement Jeune Nation, qui sera une base pour l'OAS. Jeune Nation est dissoute par le gouvernement Pflimlin, le 15 mai 1958. En janvier 1959, il fonde le Parti nationaliste. Un mois plus tard, Michel Debré annonce sa dissolution et Sidos entre en clandestinité lors du déclenchement à Alger de la semaine des barricades, en janvier 1960. Il raconte qu'il reste à Paris, hébergé chez des anciens de Jeune Nation. Il participe à l'organisation du putsch des généraux, et prépare l'attentat du Petit-Clamart contre de Gaulle. Il fournit des armes au colonel Jean Bastien-Thiry. Sidos retourne en prison. En 1964, il participe à la création d'Occident, auquel appartiendront Alain Madelin, Gérard Longuet, Patrick Devedjian, Xavier Raufer (nom de plume de Christian de Bongain, journaliste à *L'Express*).

Pierre Sidos a alors 41 ans, plus de vingt-cinq ans de militance politique derrière lui, des années d'emprisonnement, c'est un ancien, un mentor. Il fonde l'Œuvre française le 6 février 1968, date choisie en référence aux manifestations des ligues d'extrême droite de 1934. L'Œuvre est financée, comme la plupart des mouvements nationalistes des années 1970, par Hubert Lambert, l'héritier des ciments Lambert, qui léguera finalement sa colossale fortune à Jean-Marie Le Pen, changeant ainsi son destin politique et participant à façonner durablement celui de tout le pays. À l'exception du RN, l'extrême droite française est pauvre.

Sidos est l'héritier des courants de pensée de Bardèche (le fondateur du négationnisme en France), Maurras, Barrès et Drumont (auteur de *La France juive*...). Il considère Hitler comme le Napoléon allemand et Mussolini comme le dernier des Césars. Il pense que la suppression du service militaire par Chirac a nui à l'Œuvre française. « Nous recrutions beaucoup de monde au sein des préparations militaires. Elles leur permettaient d'avoir un grade à leur entrée dans l'armée. La suppression du service militaire par Chirac nous a beaucoup desservis car c'était une pépinière pour l'Œuvre. Il y avait des adhésions quasi automatiques. » Cela corrobore la thèse de Nicolas Lebourg qui ne croit pas à un soulèvement collectif et à un basculement dans la guerre civile de la France actuelle : trop de générations qui n'ont connu que la paix, pas de culture des armes, pas d'habitude du combat... Paradoxalement, la disparition du service obligatoire contribue à la paix – ou à former des générations de moutons, selon le côté où l'on se place...

L'Œuvre a quelque chose de sectaire : l'emploi d'initiales (DCD, comme déserteurs du chemin des dames mais qui s'entend bien sûr autrement, pour les homosexuels), un code vestimentaire et une longueur de cheveux réglementaire, le refus de la minute de silence qui est considérée comme une habitude maçonnique. On s'y appelle « ami », on ne chante pas *La Marseillaise*, on interdit l'action civique aux femmes, dont le rôle est de « fournir une progéniture blanche » comme l'explique Benedetti, on y défend la famille traditionnelle comme représentante d'un ordre naturel qui doit être respecté, au risque de connaître de grands cataclysmes sociaux. Ses militants sont à la tête des journaux *Rivarol* et *Militant.* On y est révisionniste et nationaliste, on y défend l'idée qu'il existe une race européenne blanche et on y affirme des racines chrétiennes. Un ancien adhérent, qui en a été membre à la fin des année 1980, raconte les virées en forêt le week-end, les « badigeons » (ils écrivent des slogans sur les murs de la ville), la camaraderie de jeunes gens unis par un antisémitisme fanatique, venant souvent de familles déstructurées, que la recherche de figure paternelle a conduits jusqu'à ce local de la rue Caillaux, où ils la trouvent en Pierre

Sidos, déjà vieux, gonflé de principes, comme échappé d'une autre époque. Sidos, d'ailleurs, ne refusait pas cette responsabilité. La mère du repenti, inquiète de voir son fils mal tourner, avait écrit au responsable de l'Œuvre, qui était venu lui faire la morale. Il n'aimait pas les voyous.

Yvan Benedetti est le digne héritier de Pierre Sidos dont il a repris le combat. Il pense que les révolutions se font en trois temps. Nous serions entrés dans le dernier, celui de l'effondrement de la civilisation.

En 2014, le rapport d'Europol sur le terrorisme à travers l'Europe ne consacre que quatre pages aux mouvements d'extrême droite contre une trentaine au terrorisme islamiste et une dizaine aux dangers venant de la gauche radicale. Laconique, le chapitre se contente de noter l'existence, en France, de camps d'été nationalistes où se retrouvent les militants de la droite extrême à la recherche de partage et de formation – pas seulement théorique. L'été suivant, des élus socialistes s'inquiètent de la tenue d'un camp « paramilitaire » en forêt de Fontainebleau, organisé par l'association Prenons le maquis, dont Alain Soral est actionnaire majoritaire. Son site, Égalité et Réconciliation, en fait la promotion grâce à quelques vidéos où l'on voit des hommes se rouler dans l'herbe en essayant de s'immobiliser l'un l'autre, une fille se faire tirer par les cheveux après avoir tenté de repousser une attaque, et un combattant sortir une arme, le tout sur une musique énergique.

D'autres figures de l'ultra-droite organisent des camps, certains plutôt studieux comme celui d'Action française, d'autres versant franchement dans le paramilitaire ; ceux pour « blancs insoumis » de Daniel Conversano ; des mouvements survivalistes, comme Unité 11, un groupe d'anciens militaires qui propose des stages d'« aguerrissement » avec tir à arme réelle en Ariège ou en Slovaquie ; ou encore le Jeune Nation d'Yvan Benedetti.

À l'été 2020, la page de garde de jeunenation.com (sous-titre : « L'information sans concession ») est occupée par un lien vers une interview accordée par Benedetti au site d'Alain Soral, et par les appels de quelques papiers : le comité Adama Traoré serait soutenu par la fondation Rothschild ; l'auteur révisionniste Ryssen s'inquiète de l'avenir de l'homme blanc ; et dans « Où sont les juifs manquants ? », on s'interroge : « Les questions sur les chiffres officiels des morts de la Seconde Guerre mondiale se multiplient. Où sont les preuves de ces chiffres ? Où sont les corps ? Les gens se sont-ils évaporés dans l'air, comme certains le croient, en partant en fumée par de hautes cheminées ? » En bas, on trouve un lien vers la page dédiée aux camps d'été. Cette année, c'est la promotion Sainte Jeanne d'Arc, qui succède à la Brasillach, la Drumont, et ainsi de suite. Deux ans plus tôt, un jeune journaliste, Ronan Maël, a réussi à s'y infiltrer comme il nous en a fait le récit, également publié sur Slate.

Juillet 2018, Ronan trouve en ligne le numéro de téléphone du camp. C'est la promotion Œuvre française. Le programme de la semaine affiche : formation, sport, chant, camaraderie. Il se présente et donne ses motivations : enfant d'une famille peu politisée, il s'interroge sur notre société, habite le quartier de la gare du Nord qu'il décrit en termes xénophobes, et s'indigne des injustices sociales dans notre pays… Sa candidature aussitôt validée, on lui envoie une liste d'équipement (tente, matériel de camping) ainsi que l'adresse du camp, qui doit durer une semaine. Il se déroulera dans la région de Montauban, chez Pierre Verdier, un ami d'Yvan Benedetti qui a mis à disposition un champ et des toilettes et douches collectives de sa vaste demeure. Ce compagnon de route, assureur de profession, a tenté plusieurs fois de se faire élire sur les listes du Front national. Sa dernière tentative date des législatives de 2017, où il se présentait dans la deuxième circonscription du Tarn-et-Garonne pour le Parti de la France, soutenu par Jean-Marie Le Pen. Favorable au rétablissement de la peine de mort et à la réouverture des maisons closes, il a fait un score de 3,65 % – cela correspond à 12 votes.

Ronan se munit du matériel exigé et notamment d'un short beige – la tenue a toujours été importante au sein de l'Œuvre française (dissoute en 2013) qui impose blazer bleu, chemise blanche et cravate rouge pour les cérémonies, rejette les cheveux longs comme les crânes rasés de trop près, les jeans troués et les boucles d'oreilles… Il se munit également de deux montres et trois stylos avec caméras intégrées.

À une heure de Carcassonne, sur les hauteurs de collines ensoleillées où alternent terres cultivées et forêts profondes, il arrive à la fin d'une journée caniculaire devant les grilles fermées de la propriété. La femme de leur hôte lui ouvre et lui indique le chemin d'un champ, en contrebas. Sur le sentier, Ronan croise une jeune fille en longue jupe plissée grise. Venue avec sa sœur, sur ordre de leur père, un proche de Benedetti, elle fait partie des « Caryatides », ces jeunes femmes qui accompagnent le mouvement des Jeunes Nationalistes. Cantonnées à la cuisine et aux tâches domestiques, ces cinq jeunes filles n'ont de contact avec les hommes qu'au moment des repas. Toujours ce respect d'un « ordre naturel ». Le mouvement de Benedetti voudrait que les femmes puissent s'accomplir dans la maternité, à travers le versement d'un salaire maternel. La cheffe des « Caryatides », 25 ans, est une ancienne élève de l'École des pupilles de l'air, un lycée militaire de Grenoble connu pour avoir vu quatre de ses lycéens mis en examen pour association de malfaiteurs après qu'ils ont projeté une attaque contre une mosquée de Montélimar. C'est l'école elle-même, inquiète de la radicalisation de ses élèves, qui avait sonné l'alerte. La jeune femme est jolie, souriante, aimable – et pratique avec enthousiasme le salut nazi. Elle a embrigadé cette année une jeune fille en surpoids, solitaire et mal à l'aise, qui complète la toute petite équipe.

Dans un champ bordant les bois, quelques tentes sont installées autour d'un mât où pavoise le drapeau français. Ils sont une dizaine de participants. La plupart sont déjà venus ou se connaissent de longue date. L'un est tatoué d'une imposante toile d'araignée bordée de trois croix : celtique, catholique et gammée. On compte un salarié des archives d'un hôpital du Grand Est, un responsable de sécurité privée de la région lyonnaise, ou encore un membre du 27e bataillon des chasseurs alpins d'Annecy, crâne rasé, affûté, vêtu d'un treillis de camouflage. Il prône une révolution nationaliste et dictatoriale.

Pour l'essentiel, cela ressemble à un camp scout, mais dans lequel tout le monde serait antisémite et ne se gênerait pas pour le dire. On creuse des trous pour faire ses besoins, on coupe du bois, on se lève à l'aube, on fait des feux de camps le soir – mais aux repas, certains se saluent d'un Sieg Heil, on fait des pompes en glorifiant la pureté du corps aryen et en humiliant les moins sportifs, on se moque des « nègres ». Chez les jeunesses nationalistes, le révisionnisme n'est pas une option. On en parle au dîner, on remet en cause les chiffres, les modalités, l'ampleur. « Il n'y a jamais eu de chambre à gaz, c'est une invention de notre système judéo-franc-maçonnique », affirme un jeune homme à Ronan.

Les activités sportives s'enchaînent de l'aube à la nuit : sport (course, pompes, bûcheronnage), car le corps doit être sain. « Quand Marine Le Pen saura courir un marathon, peut-être que je reviendrai au Front national », rigole un participant. On fait de la boxe « pour se former au *self-defense*, les nationalistes ont trop d'ennemis pour se reposer ». On apprend à se mettre au garde-à-vous, puis au repos. Lors des manœuvres plus complexes, Benedetti doit parfois ressortir son manuel militaire et s'emmêle un peu les pinceaux. Le soir, il s'enquiert au talkie-walkie : « Les filles ? Le dîner est prêt dans combien de temps ? »

Mais l'objet de ce camp, qui paraît presque ridicule, est peut-être ailleurs, dans la formation d'un groupe, d'une identité commune, de codes et d'une culture partagés. Les jeunes gens chantent beaucoup, la plupart connaissent par cœur les paroles de « Maréchal, nous voilà », ou encore le « Nous voulons rester français » composé par Pierre Sidos. La transmission se fait aussi à l'heure des repas, lors de discussions plus informelles. Pendant que les filles s'activent en cuisine, après la prière que pratiquent certains, on débat de sujets de société : l'euthanasie (tout le monde y est opposé), l'équipe de France (il n'y a que des « nègres et des bougnoules »), l'entrée de Simone Veil au Panthéon (ils y sont doublement opposés, elle est juive et a fait voter la loi sur l'IVG). L'auditoire boit les paroles de Benedetti, bon orateur et habitué à être écouté, dont la présence massive participe de l'aura. Les jeunes gens sont d'accord avec lui, veulent lui plaire. Lui voit le groupe comme un clan (sur le drapeau de l'organisation, deux bras se tiennent par la manche, il trouve que le symbole est fort) et le dictateur comme un bon père de famille, autoritaire mais bienveillant. Il distille conseils et maximes. Chaque soir, on crie : « Qui vive ? » Suivi d'un « France ! » viril et collectif. Avant la veillée, tout le monde se positionne en ordre devant une sculpture de croix celtique éclairée par une bougie pour rendre hommage aux camarades disparus au combat avec la chanson « La cavalcade ». Puis vient le moment du sermon de Benedetti, bâton de berger serré dans sa paume. Il prêche, explique les vertus du nationalisme, cite le maréchal Pétain, parle valeurs (travail, famille et patrie), prône le retour à la monarchie, le rejet du 14 juillet 1789, « une révolution bourgeoise », et souhaite l'instauration d'une dictature bénéfique pour tous. Les jeunes gens, épuisés, dodelinent sans mot dire.

La nuit, des binômes sont chargés de rondes de surveillance – l'ultra-droite vit dans la crainte de l'attaque antifasciste. Mais il n'y a pas d'autres adversaires que les moustiques. Benedetti, faisant feu de tout bois, réclame selon Ronan : « Tuez les moustiques qui vous sucent le sang comme les juifs qui sucent votre argent. »

L'infiltration, passionnante, se terminera après trois jours seulement. Alerté par le comportement de Ronan qui a du mal à télécharger ses images et à recharger les batteries de son matériel sans attirer l'attention, Benedetti profite d'une course d'orientation en forêt pour faire fouiller la tente du jeune homme. À son retour au camp, Ronan est déshabillé et menacé. Ils finiront par le laisser partir – ils ont gardé toutes ses affaires. Le soir, de retour dans sa chambre d'hôtel, Ronan se surprend à siffloter « Maréchal, nous voilà ». Dans la foulée, il rédige un long texte qui alimentera sa plainte.

Six mois plus tard, alors qu'il s'enquiert de la plainte pour vol qu'il a déposée contre Benedetti – aucune avancée –, il se verra proposer un soutien psychologique par l'officière en charge du dossier. Yvan Benedetti reconnaît qu'ils ont été infiltrés par un journaliste qu'ils ont rapidement démasqué. Une enquête préliminaire est en cours, confirme le parquet.

21 août 2020

Un jeune homme, Augustin, est blessé à Lyon pour avoir pris la défense de deux jeunes filles importunées par des voyous. C'est du moins la version que donne, sur les réseaux sociaux, le frère d'Augustin. La presse et les médias en ligne s'emparent de cette histoire, qui rappelle celle de Marin. En 2016, à l'âge de 20 ans, ce dernier s'était interposé pour défendre un couple, à Lyon également, et avait reçu de violents coups de béquille. Il avait passé deux semaines dans le coma et souffre encore de lourdes séquelles. Les médias croient tenir un nouveau héros de la lutte contre « l'ensauvagement » de notre société… *Valeurs actuelles* titre : « Augustin, le symbole d'une jeunesse qui résiste à la racaille ». Et puis… tout se dégonfle et une petite histoire de manipulation comme en connaît l'ultra-droite se fait jour. Les jeunes filles, d'abord, donnent en ligne une version un peu différente : Augustin n'était pas seul, et si elles ont bien été importunées, il ne s'agissait toutefois pas d'une agression. Dans la foulée, un mouvement antifasciste local publie sur Twitter une photo du jeune homme faisant le salut nazi à trois doigts. Il est en réalité militant d'Action française. Le vocabulaire de son frère, qui qualifiait les agresseurs de « racailles colorées », aurait dû suffire à le faire deviner.

« Tu as toute la Sturmabteilung numérique au cul, ma belle ! »

« Heinrich », un troll numérique

« Mobilisation ! » Le mot d'ordre est lancé. Quelques secondes, une poignée de lettres tapées sur un clavier à plus de neuf mille kilomètres de distance, et les troupes se mettent en marche, agressent, insultent, humilient. Harcèlent. La force de frappe est puissante, la nuisance, énorme. Les trolls déferlent sur vos Facebook, Twitter ou Instagram. Votre boîte mail est inondée. Toute votre existence numérique est menacée, votre téléphone clignote, les notifications s'enchaînent jour comme nuit, vous forçant à la déconnexion. Il suffit en général de quelques jours pour que la horde se lasse, mais il arrive que les fachos du net persévèrent. Le cauchemar de Julie a duré des mois.

Le 15 septembre 2017, un article est publié sur le blog d'extrême droite Démocratie participative, aujourd'hui bloqué en France, qui décrit la journaliste comme une « pute à nègre féministe », une « louve terroriste », une « négrophile pathologique ». Le IIIe Reich n'est plus mais les néonazis pullulent. « Tu as toute la Sturmabteilung numérique au cul, ma belle ! » lui écrit-on le 22 mars 2018 d'une adresse mail gérée depuis les États-Unis et, donc, intraçable.

Tout a commencé quelques jours plus tôt. Julie, pigiste lyonnaise, a écrit un article pour *Le Petit Bulletin*, un journal culturel, sur un nouveau bar à rhum, La Première Plantation, qui vient d'ouvrir dans la capitale des Gaules. La journaliste sirote des créations maison, discute avec les patrons et s'aperçoit que ces derniers sont un brin nostalgiques du « bon vieux temps des colonies ». Ils lui expliquent vouloir « retranscrire l'esprit colonial, un esprit à la cool, une époque où l'on savait recevoir ». Et les esclaves ? interroge Julie. « On a mis quelques photos dans les toilettes », lui répond-on. La journaliste est choquée. Son article déclenche un tollé sur les réseaux sociaux. Les deux gérants y sont conspués, réclament un droit de réponse, affirment avoir été maladroits, s'excusent platement, jurent ne pas être racistes. Les photos dans les toilettes ? Des gravures du XVIIIe siècle, représentant de vieilles « bouteilles de rhum, une maison victorienne, et un champ de production d'ananas », assurent-ils. Quelques jours plus tard, La Première Plantation, suite à ce « regrettable malentendu », décide de changer de nom. Julie, elle, n'a jamais eu cette possibilité. Son calvaire peut commencer.

Le blog Démocratie participative appelle sa communauté à harceler la journaliste. Tous se mettent à chercher et à divulguer des éléments sur sa vie privée. Une pratique qui porte un nom : le doxxing. Son existence internet est disséquée. L'auteur de l'article de Démocratie participative, sous le pseudonyme de Heinrich, détaille son cursus, son expérience, ses années passées en Afrique. « Inutile de vous dire ce que cela implique. Son Instagram est inondé d'images de cafres », juge-t-il. Et l'internaute de lâcher la meute : « Le moment est venu pour cette traînée de goûter à sa propre médecine. La SA [Sturmabteilung] numérique doit se mettre en mouvement et faire comprendre à cette hyène puante que ce petit jeu est terminé. Inondez son fil Twitter et sa boîte email (...) Il va sans dire qu'il n'y a ici, de notre part, aucun appel à la violence. En fait, c'est un appel à la raison et à l'apaisement, à l'arrêt immédiat de la terreur par cette putain à nègre hystérique. Un message de paix, en somme. »

Le harcèlement sera intense, et violent. Il durera des mois. Le 23 mars 2018, il n'a toujours pas cessé. Les menaces de mort et de viol s'empilent. « Le cyberharcèlement, ça change le quotidien, ça change la vie, témoigne-t-elle devant la caméra de Konbini. Ça change le regard qu'on porte sur soi, qu'on porte sur les gens et la société (...) Ton téléphone ne s'arrête jamais. Tu peux pas aller dormir, tu peux pas perdre le fil. C'est partout. » Un jour, Julie trouve deux hommes devant chez elle, qui l'attendent et la suivent sans dire un mot. La veille, ses agresseurs virtuels l'avaient prévenue : « Tu es une traîtresse à ta race et tu seras traitée en tant que telle. On sait qui tu es et où tu vis. Tu vas passer les années à venir la peur au ventre grosse pute, on est de plus en plus nombreux. » La police est saisie mais avoue son impuissance. Les forces de l'ordre expliquent à Julie que Démocratie participative est hébergé aux États-Unis et que leurs demandes d'identification des auteurs des articles haineux restent lettre morte. « Aucun des contenus manifestement illicites que nous avons signalés à l'hébergeur n'ont été retirés », assure la sous-direction de la Lutte contre la cybercriminalité, qui recommande à la journaliste de réclamer aux moteurs de recherche le déréférencement des articles la citant. Cela signifie que les contenus ne seront pas supprimés, mais qu'ils n'apparaîtront plus dans Google. Un coup d'épée dans l'eau, à l'heure des réseaux sociaux.

Les enquêteurs savent pourtant parfaitement qui se cache derrière Démocratie participative, un des sites les plus violents de la fachosphère, et qui se revendique comme « le site le plus lu par les jeunes blancs décomplexés ». Boris Le Lay, 39 ans, fiché S, sous le coup de plusieurs mandats d'arrêt, visé par une notice rouge Interpol, condamné à de multiples reprises à de la prison ferme pour des propos incitant à la haine raciale ou contestant des crimes contre l'humanité, est ainsi soupçonné depuis des années d'en être un des administrateurs. Ouvertement antisémite, Le Lay se voit comme un parangon de la liberté d'expression, victime, au pays des droits de l'homme, d'avoir trop usé de sa parole sur des sujets sensibles – il ne manque jamais une occasion de commenter, sur un de ses différents canaux d'expression, une polémique liée à l'immigration, la sécurité ou la perte d'autorité de l'État. Né en 1981 à Quimper, élevé par une mère célibataire qui travaille dans une station-service, le nationaliste breton, connu sous le pseudonyme de Gandalf ou de Gandalf le blanc – un personnage du *Seigneur des anneaux* –, se fait connaître par un canular, en 2007 : il met la France en vente sur eBay, dans la catégorie Arts et antiquités. Voici le titre de l'annonce : « Occasion à saisir, superbe appareil d'État à rénover ». À l'époque, il a 26 ans, la mèche blonde et les yeux verts, un sourire carnassier de jeune premier. Dès l'année suivante, il se découvre en ouvrant un site antisémite, leprojetjuif.info, où écrit aussi Hervé Ryssen. Il y produit d'interminables diatribes haineuses et folles et y propose l'instauration d'un statut pour les juifs… Il fonde ensuite, en 2010, le site nationaliste breton Breiz Atao, qui lui vaudra sa première condamnation à de la prison ferme, puis s'envole vers le Japon.

Aujourd'hui, les cheveux sont toujours un peu longs mais légèrement dégarnis, mousseux, les joues sont couperosées, il sourit moins, il harangue davantage, avec fureur, dans d'innombrables vidéos, sur tous les sujets de société. Il gère plusieurs réseaux sociaux, suivis par près de 200 000 personnes avant que ses pages ferment par décision de justice, à l'été 2020 – c'est un des militants les plus influents de la cause nationaliste.

Les journaux papier traditionnels de l'extrême droite comme *Rivarol* ou *Minute* ne touchent qu'un public déjà acquis, tandis que l'audience des sites internet est sans limite. Ils ne sont pourtant qu'une poignée d'hommes et de femmes – surtout d'hommes – à se fréquenter sur la toile, à animer ensemble des sites, des blogs ou des forums, à organiser des débats ou des rencontres, lancer des podcasts ou des émissions pour toucher la plus large audience. En plus de Le Lay et Alain Soral, il y a Daniel Conversano (qui se fait sévèrement casser la figure par Alain Soral sur le plateau d'une émission de la chaîne de Dieudonné, sur une vidéo supprimée), Yann Merkado, Saint Claude 88, Salim Laïbi, Solveig Mineo, l'éphémère tête de liste de Renaud Camus, Tepa, un ancien rappeur devenu porte-voix de ce mouvement très disparate, ou encore Vincent Lapierre, qui dégage suffisamment de profits pour salarier deux personnes au Média pour tous. Tous ont leur page sur le « Wiki Dissidence », une sorte d'annuaire en ligne des fafs, qui résume leurs faits d'armes, leurs opinions mais surtout… leurs querelles. Un véritable *Amour, gloire et beauté* de l'ultra-droite : qui a clashé qui et pourquoi, qui n'est pas assez raciste, pas assez antijuif, qui est accro à l'argent, aux femmes ou coupable d'aimer un peu trop la notoriété. Ces figures se respectent ou se haïssent, se brouillent aussi, souvent, pour des raisons mercantiles ou d'ego ou tout simplement idéologiques. Parfois connus de la seule fachosphère, ces étendards d'extrême droite nourrissent les thèses des identitaires, flirtant avec les théories du complot, et se servent de nombreux relais beaucoup plus populaires, comme le Raptor dissident, un youtubeur, le polémiste Dieudonné ou certains écrivains des éditions Ring, dont font partie les auteurs de bandes dessinées Papacito et Marsault. Deux hommes

« vendus aux juifs », selon Alain Soral qui surnomme le premier « Kippacito ».

Alain Soral et son site Égalité et Réconciliation sont les pionniers. Il a développé une véritable petite entreprise commerciale en proposant des produits dérivés (comme le fait aussi Dieudonné). Égalité et Réconciliation est une association fondée en 2007 par Soral et deux anciens responsables du GUD, Jildaz Mahé (le directeur du Carré Français) et Philippe Péninque. Soral, adepte et diffuseur de théories du complot, se veut national-socialiste et tente de déguiser son antisémitisme en engagement antisioniste (d'autres l'ont fait avant lui, comme François Duprat). Il appelle à dépasser les clivages – le nom du site est un programme à lui seul – et parvient, d'une certaine façon, à rassembler populistes, complotistes, souverainistes, francs-tireurs, antisémites et autres. Bien qu'il se situe clairement à l'extrême droite, son influence en ligne est un phénomène transverse. Il est difficile d'évaluer sa capacité à influencer la politique. Il affiche des millions de clics mais lorsqu'il organise des conférences, on n'y trouve pas plus de quelques centaines de participants…

Dans l'émission « Le rendez-vous dissident », animée par Le Raptor et diffusée sur YouTube en avril 2018 – elle a depuis été supprimée –, Papacito répondait à des accusations de Soral. Il y reconnaissait qu'Égalité et Réconciliation avait joué un rôle dans son positionnement idéologique : « Je ne nie pas le travail qu'a fait Soral à un certain niveau. Je suis passé, effectivement, par son analyse politique. Ce n'est absolument pas lui qui m'a formé, il a contribué à ma culture politique. Je ne lui enlève pas ce qu'il a fait. Ça a été le conquérant de l'internet. Je ne veux pas entériner de conflit avec Soral, si lui décide de le faire par contre, je me défendrai (…) Mais je n'ai rien contre lui et je lui tends la main pour lui dire : nous avons certains ennemis en commun (…) Il va falloir qu'on trouve des consensus dans la dissidence, sinon on ne va pas s'en sortir si on se tire dans les pattes entre nous. »

Il poursuit : « La seule différence que j'ai avec Soral, c'est que je ne suis pas judéocentré. Je constate, en tant qu'ambassadeur du réel, que les gens qui égorgent, qui tuent des enfants à Toulouse, et qui égorgent notre élite dans les Super U à Trèbes, ne sont pas des porteurs de kippa (…) La problématique qui m'intéresse, moi, c'est les Français. Et qui est leur ennemi direct, leur ennemi immédiat dans la rue, l'obstacle à leur bonheur immédiat ? Pour moi, je suis désolé, c'est les musulmans, et donc je m'attaque à ça en premier. Ça ne m'empêche pas d'être judéocritique sur certaines choses (…) Je n'ai rien contre les juifs, je ne suis pas antisémite (…) Pour moi le judaïsme, en tout cas les élites, elles ont le pouvoir qu'elles ont, parce que le peuple français a démissionné de son pays, les Français ont démissionné de leur pouvoir de décision. » Lors de cette même émission, les autres intervenants, parmi lesquels Adrien Abauzit, avocat et essayiste, connu pour ses positions nationalistes et louangeuses à l'égard du maréchal Pétain, d'intervenir : « Ring a le mérite de publier Papacito et [Laurent] Obertone, qui sont deux poids lourds. Ils font du bien à la cause de ce côté-là. Ils font la jonction entre la dissidence et le milieu mainstream. »

Alors que ces auteurs de Ring et un certain nombre de polémistes cartonnent dans les librairies, en kiosque, dans les salles de spectacle ou sur internet, imposant leurs idées ou leurs thématiques dans le débat public, les animateurs web les plus radicaux sont peu à peu interdits. Début juillet 2020, les chaînes YouTube de Dieudonné et d'Alain Soral (près de 190 000 abonnés) ont ainsi été fermées. Les deux hommes ont interdiction d'en créer de nouvelles. Sans la moindre décision judiciaire, le géant américain a édicté son propre règlement et s'est arrogé le droit de décider qui peut avoir accès à ses outils, et pour quel type de discours. Alors que les autorités françaises ont un mal infini à obtenir des informations sur l'identité des personnes qui se cachent sous pseudonyme sur les réseaux, ces mêmes réseaux ont décidé de faire la loi eux-mêmes. Ainsi de Twitter qui, en juillet 2020, ferme plusieurs comptes de Génération identitaire, suivis par 60 000 followers. « Nous avons demandé à nos avocats d'engager des poursuites immédiatement pour rétablir nos comptes. La censure idéologique n'a pas sa place sur internet. Défendre son peuple n'est pas un crime ! » a réagi le mouvement d'extrême droite, dont la page Facebook avait déjà été fermée. Le réseau social de Mark Zuckerberg est allé encore plus loin, interdisant un temps les contenus qui mentionnaient Génération identitaire. En mai 2020, le magazine de la droite dure, *Valeurs actuelles*, a ainsi remarqué que ses publications ayant trait à Génération identitaire étaient immédiatement supprimées. Une « erreur », a admis Facebook.

À l'automne 2018, c'est à la demande du procureur de la République de Paris – une première – que Démocratie participative est bloqué par les fournisseurs d'accès à internet (FAI). SFR, Orange, Free et autres Bouygues sont convoqués devant le président du tribunal qui les contraint à interdire l'accès au site raciste. Une démarche justifiée par le nombre de signalements et de plaintes reçues par le parquet et par l'impossibilité juridique d'agir contre l'éditeur et l'hébergeur du site, inconnus et domiciliés aux États-Unis. Boris Le Lay reste insaisissable : la France n'a pas signé de convention d'extradition avec le Japon, où il s'est réfugié depuis plusieurs années. Ce blocage est très mal vécu par les « dissidents », comme ils se surnomment eux-mêmes, qui y voient une atteinte sans précédent à la liberté d'expression. Marsault, auteur à succès de bandes dessinées testostéronées – son personnage est un skin énervé qui casse la gueule de ceux qui l'énervent, c'est-à-dire les féministes, les hommes efféminés, et ainsi de suite –, dans un entretien accordé à Lengadoc.info, un média alternatif géré par des militants identitaires, s'indigne : « J'ai entendu parler d'un mec que je ne connaissais pas, Boris Le Lay. C'est un gars qui fait des vidéos sur Facebook. Ce que j'ai vu, c'est qu'il avait pris de la taule, en fait, pour avoir dit quelque chose. Prendre du ferme pour dire un truc, même un petit peu raciste, c'est complètement hallucinant. Souviens-toi de la meuf FN qui avait fait le montage avec Taubira [Anne-Sophie Leclère], un montage débile, c'est même pas elle qui l'avait fait mais elle l'avait publié sur sa page Facebook, ça ne mérite rien. Allez, au pire 200 balles d'amende ! Neuf mois ferme, tu te dis c'est affolant, y a un truc qui va pas. Alors que tu as quand même deux-trois rappeurs qui disent des trucs pas hyper sympa sur les Français... Du coup, tu sais pas trop quoi penser quoi ! C'est deux poids deux mesures. »

La France s'interdit pourtant d'aller trop loin en matière de délit de presse. Le procureur de la République de Paris, pour des raisons procédurales, s'est ainsi opposé, en avril 2019, à l'incarcération immédiate d'Alain Soral. Le polémiste venait d'être condamné à un an de prison ferme pour contestation de crime contre l'humanité. Soral ne s'étant pas présenté à l'audience, la peine avait été assortie d'un mandat d'arrêt. L'homme aurait donc dû aller en prison en attendant un éventuel procès devant la cour d'appel. Sauf qu'à la surprise générale, le procureur de la République a fait appel de ce mandat d'arrêt, car la loi ne le prévoyait pas en matière de presse. Une attitude qui a déclenché la fureur de plusieurs associations antiracisme, lesquelles ont signé une tribune dénonçant un « Munich judiciaire » : « Toutes les lois du pays demeureront décoratives si, alors que l'antisémitisme assassine de nouveau en plein Paris, le parquet de la République bataille pour faire relâcher les antisémites », peut-on y lire. Jugé en appel en juin 2020, le polémiste bénéficie finalement d'une peine très allégée fixée à 5 000 euros d'amende, avant d'être mis en examen une nouvelle fois le 30 juillet 2020 pour injure publique et provocation à la haine. La justice lui reproche cette fois d'avoir tenu des propos antisémites et d'avoir souhaité une « révolution fasciste », appelant, selon la presse, les citoyens « à s'armer ». Signe que l'État a considéré que cela allait trop loin : la détention provisoire est requise par le parquet. Mais il n'est pas suivi par le juge d'instruction. Alain Soral est ressorti libre du palais de justice. Libre de rejoindre la Suisse, où il s'est domicilié pour, explique-t-il, « échapper à la détestable ambiance qui règne en France ». Et peut-être aussi un peu à la justice et au risque carcéral.

Boris Le Lay, lui, continue, année après année, d'être condamné sans que rien ne change. Seuls quelques seconds couteaux sont interpellés. En septembre 2018, Sylvain, un soutien très actif de Démocratie participative, est ainsi interrogé par les enquêteurs, qui le soupçonnent d'avoir relayé des contenus visant Julie. Il ne dément pas mais nie catégoriquement être l'homme qui se cache derrière le pseudonyme « Heinrich ». Entendu en garde à vue, Sylvain assume. Oui, il publie régulièrement sur Facebook des images d'Hitler ou de ses lieutenants hilares au procès de Nuremberg. Et oui, il a pour habitude de prendre en photo dans la rue, quand il en a l'occasion, des couples mixtes, clichés qu'il publie sur son profil Facebook, assortis de commentaires racistes ou sexistes. « C'est pour montrer l'état d'avancement du remplacement dans le pays et que les blancs qui y prennent part sont essentiellement des femmes », justifie-t-il. Se délectant de préciser ce qu'il entend par nazisme : « Une idée positive de protection de sa race, de faire en sorte qu'elle survive. » « Ne vous êtes-vous pas dit que vous risqueriez d'avoir des ennuis en postant des commentaires racistes et sexistes sur vos comptes Facebook ? » lui demandent les policiers. « Si, je me suis dit que ça arriverait un jour lorsque l'état de la société française arriverait au point où les opposants politiques commenceraient à être inquiétés physiquement, rétorque-t-il. Ce qui semblerait être le cas actuellement. J'ai eu la naïveté de penser que nous avions encore la liberté d'expression. » Le néonazi a été condamné à six mois de prison avec sursis. Il a fait appel, certain que de toute façon, son procès serait « inéquitable du fait de [s]es positions, sachant que la magistrature a priori est à 95 % à gauche ». « Il n'a pas commis une erreur. Il assume et est décomplexé. Il sait ce qu'il partage sur les réseaux », avait réagi maître Éric Morain, l'avocat de Julie. Les racistes seront-ils bientôt tenus au silence, muselés par la justice et bannis d'internet par les réseaux sociaux ? Ce serait une pierre dans le jardin de l'ultra-droite, mais peut-être aussi dans celui de la démocratie. Nicolas Gardères, auteur, de gauche, d'un brillant essai, *Voyages d'un avocat au pays des infréquentables* (éditions de l'Observatoire), conseil de plusieurs fachos ou sites d'extrême droite qui croulent sous les procès et les plaintes (Daniel Conversano, Serge Ayoub, Riposte laïque, etc.), croit quant à lui dans la vertu du dialogue et de la liberté d'expression. « L'incitation à la haine ou la contestation de crimes contre l'humanité ne devraient pas être pénalement répréhensibles, plaidait le juriste dans *Le Point*, en janvier 2019. Le juge pénal est une réponse de faible, médiocre et contre-productive. » Pour lui, condamner Alain Soral à un an de prison revient à en faire un « martyr de la vérité ». Et à le placer dans une posture de victime, dont les négationnistes ont toujours su tirer profit.

Vendredi 18 septembre 2020, Hervé Ryssen, suite à une troisième condamnation pour des propos antisémites et négationnistes, était emprisonné.

26 août 2020

L'hebdomadaire *Valeurs actuelles* représente en esclave Danièle Obono, députée du parti La France insoumise, dans son « roman de l'été », publié chaque semaine par un auteur anonyme. L'élue de la République est moquée pour ses positions politiques, et est grimée dans des dessins et un texte racistes, collier et chaîne de métal autour du cou. La publication fait scandale. « Il paraît Qu'on-Peut-Pu-Rien-Dire. Heureusement on peut encore écrire de la merde raciste dans un torchon illustrée par les images d'une députée française noire africaine repeinte en esclave… L'extrême droite, odieuse, bête et cruelle. Bref, égale à elle-même », tweete l'intéressée. Une enquête préliminaire est ouverte par le parquet de Paris. Le magazine est conspué sur la place publique, taclé par des politiques qui, une semaine avant, lui réservaient encore leur parole. Des efforts, *Valeurs actuelles* en avait pourtant fait. Depuis sa condamnation en 2015 pour incitation à la haine raciale après un dossier de une intitulé « Roms, l'overdose », le magazine s'était employé, comme le parti de Marine Le Pen, à une grande opération de dédiabolisation. Mais avec l'affaire Obono, c'est une autre réalité qui éclate.

On s'aperçoit soudain que la droite dure, décomplexée et extrême représentée par le journal, a gagné sa place dans le débat public. Les couvertures sont toujours aussi violentes, certes, et tournent toujours autour des mêmes thèmes – l'islam, la souveraineté, la hausse de la violence et de la délinquance, la perte d'autorité et Marion Maréchal-Le Pen, Éric Zemmour et Michel Houellebecq –, mais les interviews avec les ministres s'enchaînent. L'hebdo est reçu à l'Élysée et obtient un grand entretien d'Emmanuel Macron, gagnant ainsi un vernis de respectabilité. On peut désormais le lire dans le métro sans craindre les regards réprobateurs. Ses journalistes sont partout sur les plateaux télé. Laurent Joffrin, l'ancien patron de *Libération*, omniprésent dans les débats des chaînes d'information en continu, observe dans *Le Parisien* : « Ce qui est neuf, c'est le poids pris par l'extrême droite. Avant, face à moi, j'avais des libéraux ou des conservateurs ; maintenant, ce sont des identitaires. » Des journalistes respectés du *Figaro* y écrivent sous pseudonyme. D'autres sortent du bois dans lequel ils se sont eux-mêmes enfermés. Au moment même de l'affaire Obono, Louis de Raguenel, rédacteur en chef de *Valeurs actuelles*, rubrique sécurité, intérieur et défense, ancien membre du cabinet de Claude Guéant et militant UMP, annonce son départ pour un poste prestigieux à Europe 1. La rédaction s'élève alors contre cette nomination : « Jamais un journaliste ouvertement marqué politiquement n'a été nommé chef du service politique (...) un service central dans l'ADN d'Europe 1. » Il entrera finalement comme numéro 2 du service politique.

CONCLUSION

Il y a des points communs dans tous les parcours de radicalisation. La violence, la marginalité. L'attirance pour les armes. Le sentiment d'être incompris, le sentiment d'injustice. La volonté forte – et souvent avortée – de participer au système : beaucoup de djihadistes, comme beaucoup de membres de groupuscules à tendance terroriste d'ultra-droite, ont appartenu, ou voulu appartenir, à la police ou à l'armée. La fréquentation assidue de sites en ligne, sur lesquels on s'informe, on se forme, on se déforme. Le professeur Séraphin Alava, qui pilote le rapport mondial de l'Unesco sur les liens entre radicalisation et médias sociaux, note que la formation intellectuelle de la jeunesse d'extrême droite se fait sur le net autour de sites de propagande, de forums identitaires, et d'actions digitales comme le trolling par exemple.

Internet agit comme une lentille déformante, au travers de laquelle nous parvient la réalité sous les couleurs que nous lui avons choisies. Nous en avons fait l'expérience, en suivant pendant un an en ligne des groupes identitaires, néonazis, fascistes, prônant la violence et la haine. Au fil de nos recherches et de nos « like », les propositions de nos moteurs de recherche ont changé. Comme si le monde se conformait à la perception que nous en avions.

Lorsqu'on se promène en ligne sur les profils des militants, profils ouverts uniquement, qu'on lit les commentaires, les blagues, les colères, on retrouve ce fourre-tout idéologique et sémantique, de plus en plus familier, qui fait le lit de la pensée ultra. Assiettes à l'effigie de Pétain. Plaisanteries sordides sur le vendredi des soldes, le Black Friday, illustrées d'images d'esclaves enchaînés. Dans la liste des livres recommandés par l'un des agresseurs d'un photographe en marge de la Manif pour tous – « un jeune homme qui s'est rangé », d'après un proche – on trouve en premier lieu *La France juive*. Esthétique de la violence et rêves d'affrontement, de jeunes militants partagent des photos d'eux courant, masqués, dans des nuages de fumée, lors de manifestations de Gilets jaunes ou de bastons de hooligans. Parmi les commentaires, on peut lire : « La révolution est en marche. » Les Zouaves de Paris, cagoulés de noir, posent sur des rails désaffectés, fumigènes à la main, pour une photo à la mise en scène soignée. « White Lives Matter » s'affiche sur de nombreux profils. Il y a aussi des images de croisés. Beaucoup de quenelles, surtout chez les plus jeunes, et même des bras levés dans des saluts nazis, sur plusieurs photos, dont une de groupe lors d'une petite manifestation de soutien à des militants jugés à Reims. On partage des faits divers dans lesquels des blancs sont attaqués par des noirs, des Arabes, et on s'indigne, on se monte la tête. « Thomas, Philippe, Johanna, on va pas rester les bras croisés ! Sans oublier les deux personnes poignardées et le vieil homme assassiné par un Syrien. » Il y a beaucoup de soleils nazis, un des symboles du mysticisme nazi, notamment sur un des profils Facebook de Sébastien Favier. Des clichés des Jeunesses hitlériennes sont accompagnés de ce commentaire : « Vu que la croix celtique a perturbé l'équipe de shlomo Zuckerberg, je la remplace par quelque chose de plus subtil. » Un père de famille se prend en photo avec ses six enfants en train de lire *Rivarol.* On se fête de bons solstices (les rites païens sont en vogue dans une frange de la droite ultra) et on se recommande des sites de vente en ligne sur lesquels on peut trouver des écussons de la division Charlemagne ou des livres consacrés aux soins de santé à Auschwitz. Sur la photo du gâteau d'anniversaire d'un enfant de 6 ans, une photo comme tant de parents en partagent sur les réseaux sociaux, on remarque la décoration, rose, faite de petits cochons. Commentaire du père : « Le gâteau n'est pas fait pour les feuj ni les muz. »

La haine, partout, tranquille. Chez elle.

Septembre 2020. Renaud Camus s'amuse sur Twitter des propos de Gérald Darmanin à propos de « l'ensauvagement de notre pays ». « Ça fait quarante ans qu'on le dit… » Marlène Schiappa, déléguée à la Citoyenneté, qui trouve que le ministre de l'Intérieur « a eu tout à fait raison d'utiliser ce terme », répond à sa façon : « Je ne supporte plus d'entendre dire depuis dix ans : "Ah mais Marine Le Pen dit la même chose." Marine Le Pen n'est pas ma boussole. Si Marine Le Pen dit "le ciel est bleu", et que le ciel est bleu, je ne vais pas m'empêcher de le dire. »

Renaud Camus a raison de rire. L'esprit du mauvais génie de l'extrême droite française, de son Twitter fou, de sa machine à concepts radioactifs, avec ses mots-valises dissimulant la folle violence (remigration, grand remplacement, génocide par substitution…) est maintenant dans la bouche de certains de nos ministres. L'extrême droite n'a pas encore remporté la victoire des urnes, mais elle a contaminé le langage et la pensée de tout un pays. Il ne reste qu'à allumer la mèche.

Cet ouvrage a été imprimé
par CPI Brodard & Taupin
pour le compte des éditions Grasset
à La Flèche (Sarthe)
en octobre 2020

Mise en pages Soft Office

PAPIER À BASE DE
FIBRES CERTIFIÉES

Grasset s'engage pour
l'environnement en réduisant
l'empreinte carbone de ses livres.
Celle de cet exemplaire est de
450 g éq. CO_2
Rendez-vous sur
www.grasset-durable.fr

N° d'édition : 21720 – N° d'impression : 3040728
Dépôt légal : novembre 2020
Imprimé en France